Guy de Maupassant

Guy de Maupassant, né en 1850, mort en 1893. Il a fait la guerre de 1870 puis est venu vivre à Paris. C'est là qu'il commence à écrire des histoires pour les journaux de l'époque: *Le Gaulois, Le Gil Blas, Le Figaro,* etc. Il a beaucoup de succès et en profite pour voyager sur son bateau – on dirait un *yacht* maintenant. Au terme de sa courte vie, il avait écrit six romans et deux cent soixante histoires, contes ou nouvelles.

Philippe Dumas n'est pas le fils d'Alexandre Dumas ni même le fils d'Alexandre Dumas fils, mais le père d'Alice, d'Emile et de Jean Dumas, héros de livres pour la jeunesse.
Philippe Dumas a en plus la chance d'habiter en Normandie dans le pays de Caux où Guy de Maupassant naquit et situa la plupart de ses contes.

© 1981, l'école des loisirs, Paris
Maquette et composition: Sereg, Paris,
Loi n°49.956 du 16 juillet 1949 sur les publications
destinées à la jeunesse: Avril 1981
Dépôt légal: Septembre 1987
Imprimé en France par Hérissey, Évreux -

Guy de Maupassant

Neuf contes et nouvelles

Choix et commentaires par Christian Poslaniec
Illustrations de Philippe Dumas

Médium poche
l'école des loisirs
11, rue de Sèvres, Paris 6ᵉ

La ficelle

A Harry Alis

Sur toutes les routes autour de Goderville, les paysans et leurs femmes s'en venaient vers le bourg ; car c'était jour de marché. Les mâles allaient, à pas tranquilles, tout le corps en avant à chaque mouvement de leurs longues jambes torses, déformées par les rudes travaux, par la pesée sur la charrue qui fait en même temps monter l'é-paule gauche et dévier la taille, par le fauchage des blés qui fait écarter les genoux pour prendre un aplomb so-lide, par toutes les besognes lentes et pénibles de la cam-pagne. Leur blouse bleue, empesée, brillante, comme vernie, ornée au col et aux poignets d'un petit dessin de fil blanc, gonflée autour de leur torse osseux, semblait un ballon prêt à s'envoler, d'où sortaient une tête, deux bras et deux pieds.

Les uns tiraient au bout d'une corde une vache, un veau. Et leurs femmes, derrière l'animal, lui fouettaient les reins d'une branche encore garnie de feuilles, pour hâter sa marche. Elles portaient au bras de larges paniers d'où sortaient des têtes de poulets par-ci, des têtes de canards par-là. Et elles marchaient d'un pas plus court et plus vif que leurs hommes, la taille sèche, droite et drapée dans un petit châle étriqué, épinglé sur leur poitrine plate, la tête enveloppée d'un linge blanc collé sur les cheveux et surmontée d'un bonnet.

Puis, un char à bancs passait, au trot saccadé d'un bidet*, secouant étrangement deux hommes assis côte à côte et une femme dans le fond du véhicule, dont elle tenait le bord pour atténuer les durs cahots.

Sur la place de Goderville, c'était une foule, une cohue d'humains et de bêtes mélangés. Les cornes des bœufs, les hauts chapeaux à longs poils des paysans riches et les coiffes des paysannes émergeaient à la surface de l'assemblée. Et les voix criardes, aiguës, glapissantes formaient une clameur continue et sauvage que dominait parfois un grand éclat poussé par la robuste poitrine d'un campagnard en gaieté, ou le long meuglement d'une vache attachée au mur d'une maison.

Tout cela sentait l'étable, le lait et le fumier, le foin et la sueur, dégageait cette saveur aigre, affreuse, humaine et bestiale, particulière aux gens des champs.

* un mauvais cheval

Maître Hauchecorne, de Bréauté, venait d'arriver à Goderville, et il se dirigeait vers la place, quand il aperçut par terre un petit bout de ficelle. Maître Hauchecorne, économe en vrai Normand*, pensa que tout était bon à ramasser qui peut servir ; et il se baissa péniblement, car il souffrait de rhumatismes. Il prit, par terre, le morceau de corde mince, et il se disposait à le rouler avec soin, quand il remarqua, sur le seuil de sa porte, maître Malandain, le bourrelier, qui le regardait. Ils

avaient eu des affaires ensemble au sujet d'un licol**, autrefois, et ils étaient restés fâchés, étant rancuniers tous les deux. Maître Hauchecorne fut pris d'une sorte de honte d'être vu ainsi, par son ennemi, cherchant dans

* Les Normands avaient une solide réputation d'avarice. C'est la cause de tous les malheurs de Maître Hauchecorne.
** Collier de cuir servant à harnacher un cheval.

la crotte un bout de ficelle. Il cacha brusquement sa trouvaille sous sa blouse, puis dans la poche de sa culotte; puis il fit semblant de chercher encore par terre quelque chose qu'il ne trouvait point, et il s'en alla vers le marché, la tête en avant, courbé en deux par ses douleurs.

Il se perdit aussitôt dans la foule criarde et lente, agitée par les interminables marchandages. Les paysans tâtaient les vaches, s'en allaient, revenaient, perplexes, toujours dans la crainte d'être mis dedans*, n'osant jamais se décider, épiant l'œil du vendeur, cherchant sans fin à découvrir la ruse de l'homme et le défaut de la bête.

Les femmes, ayant posé à leurs pieds leurs grands paniers, en avaient tiré leurs volailles qui gisaient par terre, liées par les pattes, l'œil effaré, la crête écarlate.

Elles écoutaient les propositions, maintenaient leurs prix, l'air sec, le visage impassible; ou bien tout à coup, se décidant au rabais proposé, criaient au client qui s'éloignait lentement: «C'est dit, maît' Anthime. J'vous l'donne.»

* être roulés

Puis, peu à peu, la place se dépeupla, et l'Angélus sonnant midi, ceux qui demeuraient trop loin se répandirent dans les auberges.

Chez Jourdain, la grande salle était pleine de mangeurs, comme la vaste cour était pleine de véhicules de toute race, charrettes, cabriolets, chars à bancs, tilburys, carrioles innommables, jaunes de crotte, déformées, rapiécées, levant au ciel, comme deux bras, leurs brancards, ou bien le nez par terre et le derrière en l'air.

Tout contre les dîneurs attablés, l'immense cheminée, pleine de flamme claire, jetait une chaleur vive dans le dos de la rangée de droite. Trois broches tournaient, chargées de poulets, de pigeons et de gigots ; et une délectable odeur de viande rôtie et de jus ruisselant sur la peau rissolée, s'envolait de l'âtre, allumait les gaietés, mouillait les bouches.

Toute l'aristocratie de la charrue mangeait là, chez maît'Jourdain, aubergiste et maquignon, un malin qui avait des écus.

Les plats passaient, se vidaient comme les brocs de cidre jaune. Chacun racontait ses affaires, ses achats et ses ventes. On prenait des nouvelles des récoltes. Le temps était bon pour les verts, mais un peu mucre pour les blés*.

Tout à coup, le tambour roula, dans la cour, devant la maison. Tout le monde aussitôt fut debout, sauf quelques indifférents, et on courut à la porte, aux fenêtres, la bouche encore pleine et la serviette à la main.

Après qu'il eut terminé son roulement, le crieur pu-

---

* Le temps convenait pour la luzerne, le trèfle, mais était trop humide pour les blés.

blic lança d'une voix saccadée, scandant ses phrases à contretemps : « Il est fait assavoir aux habitants de Goderville, et en général à toutes les personnes présentes au

marché, qu'il a été perdu ce matin, sur la route de Beuzeville, entre neuf heures et dix heures, un portefeuille en cuir noir, contenant cinq cents francs et des papiers d'affaires. On est prié de le rapporter à la mairie, incontinent, ou chez maître Fortuné Houlbrèque, de Manneville. Il y aura vingt francs de récompense. »

Puis l'homme s'en alla. On entendit encore une fois au loin les battements sourds de l'instrument et la voix affaiblie du crieur.

Alors on se mit à parler de cet événement, en énumérant les chances qu'avait maître Houlbrèque de retrouver ou de ne pas retrouver son portefeuille.

Et le repas s'acheva.

On finissait le café, quand le brigadier de gendarmerie parut sur le seuil.

Il demanda : « Maître Hauchecorne, de Bréauté, est-il ici ? »

Maître Hauchecorne, assis à l'autre bout de la table, répondit : « Me v'là. »

Et le brigadier reprit : « Maître Hauchecorne, voulez-vous avoir la complaisance de m'accompagner à la mairie. M. le maire voudrait vous parler. »

Le paysan, surpris, inquiet, avala d'un coup son petit verre, se leva et, plus courbé encore que le matin, car les premiers pas après chaque repos étaient particulièrement difficiles, il se mit en route en répétant : « Me v'là, me v'là. »

Et il suivit le brigadier.

Le maire l'attendait, assis dans un fauteuil. C'était le notaire de l'endroit, l'homme gros, grave, à phrases pompeuses.

« Maître Hauchecorne », dit-il, « on vous a vu ce matin ramasser, sur la route de Beuzeville, le portefeuille perdu par le maître Houlbrèque, de Manneville. »

Le campagnard, interdit, regardait le maire, apeuré déjà par ce soupçon qui pesait sur lui, sans qu'il comprît pourquoi.

«Mé, mé, j'ai ramassé çu portafeuille ?»

«Oui, vous-même.»

«Parole d'honneur, je n'en ai seulement point eu connaissance.»

«On vous a vu.»

«On m'a vu, mé ? Qui ça qui m'a vu ?»

«M. Malandain, le bourrelier.»

Alors le vieux se rappela, comprit et, rougissant de colère : «Ah ! i m'a vu, çu manant ! I m'a vu ramasser c'te ficelle-là, tenez, m'sieu le Maire.»

Et, fouillant au fond de sa poche, il en retira le petit bout de corde.

Mais le maire, incrédule, remuait la tête.

«Vous ne me ferez pas accroire, maître Hauchecorne, que M. Malandain, qui est un homme digne de foi, a pris ce fil pour un portefeuille.»

Le paysan, furieux, leva la main, cracha de côté* pour attester son honneur, répétant : «C'est pourtant la vérité du bon Dieu, la sainte vérité, m'sieu le Maire. Là, sur mon âme et mon salut, je l'répète.»

Le maire reprit «Après avoir ramassé l'objet, vous avez même encore cherché longtemps dans la boue, si quelque pièce de monnaie ne s'en était pas échappée.»

Le bonhomme suffoquait d'indignation et de peur.

«Si on peut dire !... si on peut dire... des menteries comme ça pour dénaturer un honnête homme ! Si on peut dire !...»

Il eut beau protester, on ne le crut pas.

Il fut confronté avec M. Malandain, qui répéta et sou-

---

* On crachait pour jurer. Ne dit-on pas encore : «Juré ! Craché !»

tint son affirmation. Ils s'injurièrent une heure durant. On fouilla, sur sa demande, maître Hauchecorne. On ne trouva rien sur lui.

Enfin, le maire, fort perplexe, le renvoya, en le prévenant qu'il allait aviser le parquet et demander des ordres.

La nouvelle s'était répandue. A sa sortie de la mairie, le vieux fut entouré, interrogé avec une curiosité sérieuse ou goguenarde, mais où n'entrait aucune indignation. Et il se mit à raconter l'histoire de la ficelle. On ne le crut pas.

On riait.

Il allait, arrêté par tous, arrêtant ses connaissances, recommençant sans fin son récit et ses protestations, montrant ses poches retournées, pour prouver qu'il n'avait rien.

On lui disait : « Vieux malin, va ! »

Et il se fâchait, s'exaspérant, enfiévré, désolé de n'être pas cru, ne sachant que faire, et contant toujours son histoire.

La nuit vint. Il fallait partir. Il se mit en route avec trois voisins à qui il montra la place où il avait ramassé le bout de la corde ; et tout le long du chemin il parla de son aventure.

Le soir, il fit une tournée dans le village de Bréauté, afin de la dire à tout le monde. Il ne rencontra que des incrédules.

Il en fut malade toute la nuit.

Le lendemain, vers une heure de l'après-midi, Marius Paumelle, valet de ferme de maître Breton, cultivateur à Ymauville, rendait le portefeuille et son contenu à maître Houlbrèque, de Manneville.

Cet homme prétendait avoir, en effet, trouvé l'objet sur la route; mais, ne sachant pas lire, il l'avait rapporté à la maison et donné à son patron.

La nouvelle se répandit aux environs. Maître Hauchecorne en fut informé. Il se mit aussitôt en tournée et commença à narrer son histoire complétée du dénouement. Il triomphait.

«C'qui m'faisait deuil, disait-il, c'est point tant la chose, comprenez-vous; mais c'est la menterie. Y a rien qui vous nuit comme d'être en réprobation pour une menterie.»

Tout le jour il parlait de son aventure, il la contait sur les routes aux gens qui passaient, au cabaret aux gens qui buvaient, à la sortie de l'église le dimanche suivant. Il arrêtait des inconnus pour la leur dire. Maintenant, il était tranquille, et pourtant quelque chose le gênait sans qu'il sût au juste ce que c'était. On avait l'air de plaisanter en l'écoutant. On ne paraissait pas convaincu. Il lui semblait sentir des propos derrière son dos.

Le mardi de l'autre semaine, il se rendit au marché de Goderville, uniquement poussé par le besoin de conter son cas.

Malandain, debout sur sa porte, se mit à rire en le voyant passer. Pourquoi?

Il aborda un fermier de Criquetot, qui ne le laissa pas achever et, lui jetant une tape dans le creux de son ventre, lui cria par la figure: «Gros malin, va!» Puis lui tourna les talons.

Maître Hauchecorne demeura interdit et de plus en plus inquiet. Pourquoi l'avait-on appelé «gros malin»?

Quand il fut assis à table, dans l'auberge de Jourdain, il se remit à expliquer l'affaire.

Un maquignon de Montivilliers lui cria: «Allons, allons vieille pratique, je la connais, ta ficelle!»

Hauchecorne balbutia: «Puisqu'on l'a retrouvé, çu portafeuille!»

Mais l'autre reprit: «Tais-té, mon pé, y en a un qui trouve, et y en a un qui r'porte. Ni vu ni connu, je t'embrouille.»

Le paysan resta suffoqué. Il comprenait enfin. On l'accusait d'avoir fait reporter le portefeuille par un compère, par un complice.

Il voulut protester. Toute la table se mit à rire.

Il ne put achever son dîner et s'en alla, au milieu des moqueries.

Il rentra chez lui, honteux et indigné, étranglé par la colère, par la confusion, d'autant plus atterré qu'il était capable, avec sa finauderie de Normand, de faire ce dont on l'accusait, et même de s'en vanter comme d'un bon tour. Son innocence lui apparaissait confusément comme impossible à prouver, sa malice étant connue. Et il se sentait frappé au cœur par l'injustice du soupçon.

Alors il recommença à conter l'aventure, en allongeant chaque jour son récit, ajoutant chaque fois des raisons nouvelles, des protestations plus énergiques, des serments plus solennels qu'il imaginait, qu'il préparait dans ses heures de solitude, l'esprit uniquement occupé de l'histoire de la ficelle. On le croyait d'autant moins que sa défense était plus compliquée et son argumentation plus subtile.

«Ça, c'est des raisons d'menteux», disait-on derrière son dos.

Il le sentait, se rongeait les sangs, s'épuisait en efforts inutiles.

Il dépérissait à vue d'œil.

Les plaisants maintenant lui faisaient conter «la Ficelle» pour s'amuser, comme on fait conter sa bataille au soldat qui a fait campagne. Son esprit, atteint à fond, s'affaiblissait.

Vers la fin de décembre, il s'alita.

Il mourut dans les premiers jours de janvier, et, dans le délire de l'agonie, il attestait son innocence, répétant: «Une 'tite ficelle... une 'tite ficelle... t'nez, la voilà, m'sieu le Maire.»

25 novembre 1883

Sur l'eau

J'avais loué, l'été dernier, une petite maison de campagne au bord de la Seine, à plusieurs lieues de Paris, et j'allais y coucher tous les soirs. Je fis, au bout de quelques jours, la connaissance d'un de mes voisins, un homme de trente à quarante ans, qui était bien le type le plus curieux que j'eusse jamais vu. C'était un vieux canotier*, mais un canotier enragé, toujours près de l'eau, toujours sur l'eau, toujours dans l'eau. Il devait

* Le canotage, ce qu'on appellerait de nos jours l'aviron, était devenu une mode à la fin du XIXᵉ siècle. Chaque dimanche, des jeunes gens vêtus d'un costume spécial, dont le fameux chapeau de paille qu'on nomme «un canotier», allaient s'entraîner ou se promener sur la Seine ou la Marne.

être né dans un canot, et il mourra bien certainement dans le canotage final.

Un soir que nous nous promenions au bord de la Seine, je lui demandai de me raconter quelques anecdotes de sa vie nautique. Voilà immédiatement mon bonhomme qui s'anime, se transfigure, devient éloquent, presque poète. Il avait dans le cœur une grande passion, une passion dévorante, irrésistible : la rivière.

– Ah! me dit-il, combien j'ai de souvenirs sur cette rivière que vous voyez couler là près de nous! Vous autres, habitants des rues, vous ne savez pas ce qu'est la rivière. Mais écoutez un pêcheur prononcer ce mot. Pour lui, c'est la chose mystérieuse, profonde, inconnue, le pays des mirages et des fantasmagories, où l'on voit, la nuit, des choses qui ne sont pas, où l'on entend des bruits que l'on ne connaît point, où l'on tremble sans savoir pourquoi, comme en traversant un cimetière : et c'est en effet le plus sinistre des cimetières, celui où l'on n'a point de tombeau.

La terre est bornée* pour le pêcheur, et dans l'ombre, quand il n'y a pas de lune, la rivière est illimitée. Un marin n'éprouve point la même chose pour la mer. Elle est souvent dure et méchante, c'est vrai, mais elle crie, elle hurle, elle est loyale, la grande mer; tandis que la rivière est silencieuse et perfide. Elle ne gronde pas, elle coule toujours sans bruit, et ce mouvement éternel de l'eau qui coule est plus effrayant pour moi que les hautes vagues de l'Océan.

Des rêveurs prétendent que la mer cache dans son

* limitée

sein d'immenses pays bleuâtres, où les noyés roulent parmi les grands poissons, au milieu d'étranges forêts et dans des grottes de cristal. La rivière n'a que des profondeurs noires où l'on pourrit dans la vase. Elle

est belle pourtant quand elle brille au soleil levant et qu'elle clapote doucement entre ses berges couvertes de roseaux qui murmurent.

Le poète a dit en parlant de l'Océan :

> *O flots, que vous savez de lugubres histoires !*
> *Flots profonds, redoutés des mères à genoux,*
> *Vous vous les racontez en montant les marées*
> *Et c'est ce qui vous fait ces voix désespérées*
> *Que vous avez, le soir, quand vous venez vers nous*.*

Eh bien, je crois que les histoires chuchotées par les roseaux minces avec leurs petites voix si douces doivent être encore plus sinistres que les drames lugubres racontés par les hurlements des vagues.

* Derniers vers d'*Océano Nox* de Victor Hugo.

Mais puisque vous me demandez quelques-uns de mes souvenirs, je vais vous dire une singulière aventure qui m'est arrivée ici, il y a une dizaine d'années.

J'habitais, comme aujourd'hui, la maison de la mère Lafon, et un de mes meilleurs camarades, Louis Bernet, qui a maintenant renoncé au canotage, à ses pompes et à son débraillé* pour entrer au Conseil d'État, était installé au village de C..., deux lieues plus bas. Nous dînions tous les jours ensemble, tantôt chez lui, tantôt chez moi.

Un soir, comme je revenais tout seul et assez fatigué, traînant péniblement mon gros bateau, un océan de douze pieds**, dont je me servais toujours la nuit, je

* Maupassant joue avec l'expression: «Il a renoncé à Dieu, à ses pompes et à ses œuvres.» La pompe, c'est l'aspect grandiose.
** Variété de canot mesurant plus de 4 mètres.

m'arrêtai quelques secondes pour reprendre haleine auprès de la pointe des roseaux, là-bas, deux cents mètres environ avant le pont du chemin de fer. Il faisait un temps magnifique ; la lune resplendissait, le fleuve brillait, l'air était calme et doux. Cette tranquillité me tenta ; je me dis qu'il ferait bon fumer une pipe en cet endroit. L'action suivit la pensée ; je saisis mon ancre et la jetai dans la rivière.

Le canot, qui redescendait avec le courant, fila sa chaîne jusqu'au bout, puis s'arrêta ; et je m'assis à l'arrière sur ma peau de mouton, aussi commodément qu'il me fut possible. On n'entendait rien, rien : parfois seulement, je croyais saisir un petit clapotement presque insensible de l'eau contre la rive, et j'apercevais des groupes de roseaux plus élevés qui prenaient des figures surprenantes et semblaient par moments s'agiter.

Le fleuve était parfaitement tranquille, mais je me sentis ému par le silence extraordinaire qui m'entourait. Toutes les bêtes, grenouilles et crapauds, ces chanteurs nocturnes des marécages, se taisaient. Soudain, à ma droite, contre moi, une grenouille coassa. Je tressaillis : elle se tut ; je n'entendis plus rien, et je résolus de fumer un peu pour me distraire. Cependant, quoique je fusse un culotteur de pipes renommé, je ne pus pas ; dès la seconde bouffée, le cœur me tourna et je cessai. Je me mis à chantonner ; le son de ma voix m'était pénible ; alors, je m'étendis au fond du bateau et je regardai le ciel. Pendant quelque temps, je demeurai tranquille, mais bientôt les légers mouvements de la barque m'inquiétèrent. Il me sembla qu'elle faisait des embardées gigantesques, touchant tour à tour les deux berges du fleuve ; puis je crus qu'un être ou qu'une force invisible l'attirait doucement au fond de l'eau et la soulevait ensuite pour la laisser retomber. J'étais ballotté comme au milieu d'une tempête ; j'entendis des bruits autour de moi ; je me dressai d'un bond : l'eau brillait, tout était calme.

Je compris que j'avais les nerfs un peu ébranlés et je résolus de m'en aller. Je tirai sur ma chaîne ; le canot se mit en mouvement, puis je sentis une résistance, je tirai plus fort, l'ancre ne vint pas ; elle avait accroché quelque chose au fond de l'eau et je ne pouvais la soulever ; je recommençai à tirer, mais inutilement. Alors, avec mes avirons, je fis tourner mon bateau et je le portai en amont pour changer la position de l'ancre. Ce fut en vain, elle tenait toujours ; je fus pris de colère et je secouai la chaîne rageusement. Rien ne remua. Je m'assis découragé et je me mis à réfléchir sur ma position. Je ne pouvais songer à casser cette chaîne ni à la séparer de l'embarcation, car elle était énorme et rivée à l'avant dans un morceau de bois plus gros que mon bras ; mais comme le temps demeurait fort beau, je pensai que je ne tarderais point, sans doute, à rencontrer quelque pêcheur qui viendrait à mon secours. Ma mésaventure m'avait calmé ; je m'assis et je pus enfin fumer ma pipe. Je possédais une bouteille de rhum, j'en bus deux ou trois verres, et ma situation me fit rire. Il faisait très chaud, de sorte qu'à la rigueur je pouvais, sans grand mal, passer la nuit à la belle étoile.

Soudain, un petit coup sonna contre mon bordage. Je fis un soubresaut, et une sueur froide me glaça des pieds à la tête. Ce bruit venait sans doute de quelque bout de bois entraîné par le courant, mais cela avait suffi et je me sentis envahi de nouveau par une étrange agitation nerveuse. Je saisis ma chaîne et je me raidis dans un effort désespéré. L'ancre tint bon, Je me rassis épuisé.

Cependant, la rivière s'était peu à peu couverte d'un brouillard blanc très épais qui rampait sur l'eau fort bas, de sorte que, en me dressant debout, je ne voyais plus le fleuve, ni mes pieds, ni mon bateau, mais j'apercevais seulement les pointes des roseaux, puis, plus loin, la plaine toute pâle de la lumière de la lune, avec de grandes taches noires qui montaient dans le ciel, formées par des groupes de peupliers d'I-talie. J'étais comme enseveli jusqu'à la ceinture dans une nappe de coton d'une blancheur singulière, et il me venait des imaginations fantastiques. Je me figurais qu'on essayait de monter dans ma barque que je ne pouvais plus distinguer, et que la rivière, cachée par ce brouillard opaque, devait être pleine d'êtres étranges qui nageaient autour de moi. J'éprouvais un

malaise horrible, j'avais les tempes serrées, mon cœur battait à m'étouffer ; et, perdant la tête, je pensai à me sauver à la nage ; puis aussitôt cette idée me fit frissonner d'épouvante. Je me vis, perdu, allant à l'aventure dans cette brume épaisse, me débattant au milieu des herbes et des roseaux que je ne pourrais éviter, râlant de peur, ne voyant pas la berge, ne retrouvant plus mon bateau, et il me semblait que je me sentirais tiré par les pieds tout au fond de cette eau noire.

En effet, comme il m'eût fallu remonter le courant au moins pendant cinq cents mètres avant de trouver un point libre d'herbes et de joncs où je pusse prendre pied, il y avait pour moi neuf chances sur dix de ne pouvoir me diriger dans ce brouillard et de me noyer, quelque bon nageur que je fusse.

J'essayai de me raisonner, Je me sentais la volonté bien ferme de ne point avoir peur, mais il y avait en moi autre chose que ma volonté, et cette autre chose avait peur. Je me demandai ce que je pouvais redouter; mon *moi* brave railla* mon *moi* poltron, et jamais aussi bien que ce jour-là je ne saisis l'opposition des deux êtres qui sont en nous, l'un voulant, l'autre résistant, et chacun l'emportant tour à tour.

Cet effroi bête et inexplicable grandissait toujours et devenait de la terreur. Je demeurais immobile, les yeux ouverts, l'oreille tendue et attendant. Quoi? Je n'en savais rien, mais ce devait être terrible. Je crois que si un poisson se fût avisé de sauter hors de l'eau, comme cela arrive souvent, il n'en aurait pas fallu davantage pour me faire tomber raide, sans connaissance.

Cependant, par un effort violent, je finis par ressaisir à peu près ma raison qui m'échappait. Je pris de nouveau ma bouteille de rhum et je bus à grands traits. Alors une idée me vint et je me mis à crier de toutes mes forces en me tournant successivement vers les quatre points de l'horizon. Lorsque mon gosier fut absolument paralysé, j'écoutai. – Un chien hurlait, très loin.

Je bus encore et je m'étendis tout de mon long au fond du bateau. Je restai ainsi peut-être une heure, peut-être deux, sans dormir, les yeux ouverts, avec des cauchemars autour de moi. Je n'osais pas me lever et pourtant je le désirais violemment; je remettais de

* se moquer

minute en minute. Je me disais: «Allons, debout!» et j'avais peur de faire un mouvement. A la fin, je me soulevai avec des précautions infinies, comme si ma vie eût dépendu du moindre bruit que j'aurais fait, et je regardai par-dessus le bord.

Je fus ébloui par le plus merveilleux, le plus étonnant spectacle qu'il soit possible de voir. C'était une de ces fantasmagories du pays des fées, une de ces visions racontées par les voyageurs qui reviennent de très loin et que nous écoutons sans les croire.

Le brouillard qui, deux heures auparavant, flottait sur l'eau, s'était peu à peu retiré et ramassé sur les rives. Laissant le fleuve absolument libre, il avait formé sur chaque berge une colline ininterrompue, haute de six ou sept mètres, qui brillait sous la lune avec l'éclat superbe des neiges. De sorte qu'on ne voyait rien autre chose que cette rivière lamée de feu entre ces deux montagnes blanches; et là-haut, sur ma tête, s'étalait, pleine et large, une grande lune illuminante au milieu d'un ciel bleuâtre et laiteux.

Toutes les bêtes de l'eau s'étaient réveillées; les grenouilles coassaient furieusement, tandis que, d'instant en instant, tantôt à droite, tantôt à gauche, j'entendais cette note courte, monotone et triste, que jette aux étoiles la voix cuivrée des crapauds. Chose étrange, je n'avais plus peur; j'étais au milieu d'un paysage, tellement extraordinaire que les singularités les plus fortes n'eussent pu m'étonner.

Combien de temps cela dura-t-il, je n'en sais rien, car j'avais fini par m'assoupir. Quand je rouvris les yeux, la lune était couchée, le ciel plein de nuages. L'eau clapotait lugubrement, le vent soufflait, il faisait froid, l'obscurité était profonde.

Je bus ce qui me restait de rhum, puis j'écoutai en grelottant le froissement des roseaux et le bruit sinistre de la rivière. Je cherchai à voir, mais je ne pus distinguer mon bateau, ni mes mains elles-mêmes, que j'approchais de mes yeux.

Peu à peu, cependant, l'épaisseur du noir diminua. Soudain je crus sentir qu'une ombre glissait tout près de moi; je poussai un cri, une voix répondit; c'était un pêcheur. Je l'appelai, il s'approcha et je lui racontai ma mésaventure. Il mit alors son bateau bord à bord avec le mien, et tous les deux nous tirâmes sur la chaîne. L'ancre ne remua pas. Le jour venait, sombre, gris, pluvieux, glacial, une de ces journées qui vous apportent des tristesses et des malheurs. J'aperçus une autre barque, nous la hélâmes*. L'homme qui la montait unit ses efforts aux nôtres; alors, peu à peu, l'ancre céda. Elle montait, mais doucement, doucement, et chargée d'un poids considérable. Enfin nous aper-

* héler: appeler

çûmes une masse noire, et nous la tirâmes à mon bord :

C'était le cadavre d'une vieille femme qui avait une grosse pierre au cou.

1881

Le petit fût

A Adolphe Tavernier

Maître Chicot, l'aubergiste d'Épreville, arrêta son tilbury devant la ferme de la mère Magloire. C'était un
grand gaillard de quarante ans, rouge et ventru, et qui
passait pour malicieux.

Il attacha son cheval au poteau de la barrière, puis il
pénétra dans la cour. Il possédait un bien attenant aux
terres de la vieille*, qu'il convoitait depuis longtemps.
Vingt fois il avait essayé de les acheter, mais la mère
Magloire s'y refusait avec obstination.

«J'y sieus née, j'y mourrai», disait-elle.

* Un terrain faisant suite à la propriété de la mère Magloire

Il la trouva épluchant des pommes de terre devant sa porte. Âgée de soixante-douze ans, elle était sèche, ridée, courbée, mais infatigable comme une jeune fille. Chicot lui tapa dans le dos avec amitié, puis s'assit près d'elle sur un escabeau.

«Eh bien! la mère, et c'te santé, toujours bonne?»

«Pas trop mal, et vous, maît' Prosper?»

«Eh! eh! quèques douleurs; sans ça, ce s'rait à satisfaction. »

«Allons, tant mieux!»

Et elle ne dit plus rien, Chicot la regardait accomplir sa besogne, Ses doigts crochus, noués, durs comme des pattes de crabe, saisissaient à la façon de pinces les tubercules grisâtres dans une manne*, et vi-

vement elle les faisait tourner, enlevant de longues bandes de peau sous la lame d'un vieux couteau

* Une malle en osier

qu'elle tenait de l'autre main. Et, quand la pomme de terre était devenue toute jaune, elle la jetait dans un seau d'eau. Trois poules hardies s'en venaient l'une après l'autre jusque dans ses jupes ramasser les épluchures, puis se sauvaient à toutes pattes, portant au bec leur butin.

Chicot semblait gêné, hésitant, anxieux, avec quelque chose sur la langue qui ne voulait pas sortir. A la fin, il se décida: «Dites donc, mère Magloire...»

«Qué qu'i a pour votre service?»

«C'te ferme, vous n'voulez toujours point m'la vendre?»

«Pour ça non. N'y comptez point. C'est dit, c'est dit, n'y r'venez pas.»

«C'est qu'j'ai trouvé un arrangement qui f'rait notre affaire à tous les deux.»

«Qué qu'c'est?»

«Le v'là. Vous m'la vendez, et pi vous la gardez tou d'même. Vous n'y êtes point? Suivez ma raison.»

La vieille cessa d'éplucher ses légumes et fixa sur l'aubergiste ses yeux vifs sous leurs paupières fripées.

Il reprit: «Je m'explique. J'vous donne, chaque mois cent cinquante francs*. Vous entendez bien: chaque mois j'vous apporte ici, avec mon tilbury, trente écus de cent sous. Et pi n'y a rien de changé de plus, rien de rien; vous restez chez vous, vous n'vous occupez point de mé, vous n'me d'vez rien, Vous n'faites que prendre mon argent. Ça vous va-t-il?»

---

* 150 F de 1884. Difficile à évaluer en francs 1981! Mais c'est probablement de l'ordre de 1000 à 1500 F. Un franc, c'est vingt sous, un écu, cent sous, donc cinq francs.

Il la regardait d'un air joyeux, d'un air de bonne humeur.

La vieille le considérait avec méfiance, cherchant le piège. Elle demanda: «Ça, c'est pour mé; mais pour vous, c'te ferme, ça n'vous la donne point?»

Il reprit: «N'vous tracassez point de ça. Vous restez tant que l'bon Dieu vous laissera vivre. Vous êtes chez vous. Seulement vous m'ferez un p'tit papier chez l'notaire pour qu'après vous ça me revienne. Vous n'avez point d'éfants, rien qu'des neveux que vous n'y tenez guère. Ça vous va-t-il? Vous gardez votre bien votre vie durant, et j'vous donne trente écus de cent sous par mois. C'est tout gain pour vous.»

Je n'dis point non

La vieille demeurait surprise, inquiète, mais tentée. Elle répliqua: «Je n'dis point non. Seulement, j'veux m'faire une raison là-dessus*. Rev'nez causer d'ça dans l'courant d' l'autre semaine. J'vous f'rai une réponse d'mon idée.»

Et maître Chicot s'en alla, content comme un roi qui vient de conquérir un empire.

* Je veux réfléchir.

La mère Magloire demeura songeuse. Elle ne dormit pas la nuit suivante. Pendant quatre jours, elle eut une fièvre d'hésitation. Elle flairait bien quelque chose de mauvais pour elle là-dedans, mais la pensée des trente écus par mois, de ce bel argent sonnant qui s'en viendrait couler dans son tablier, qui lui tomberait comme ça du ciel, sans rien faire, la ravageait de désir.

Alors elle alla trouver le notaire et lui conta son cas. Il lui conseilla d'accepter la proposition de Chicot, mais en demandant cinquante écus de cent sous au lieu de trente, sa ferme valant au bas mot soixante mille francs.

«Si vous vivez quinze ans, disait le notaire, il ne la payera encore de cette façon, que quarante-cinq mille francs.»

La vieille frémit à cette perspective de cinquante écus de cent sous par mois; mais elle se méfiait toujours, craignant mille choses imprévues, des ruses cachées, et elle demeura jusqu'au soir à poser des questions, ne pouvant se décider à partir. Enfin elle ordonna de préparer l'acte, et elle rentra troublée comme si elle eût bu quatre pots de cidre nouveau.

Quand Chicot vint pour savoir la réponse, elle se fit longtemps prier, déclarant qu'elle ne voulait pas, mais rongée par la peur qu'il ne consentît point à donner les cinquante pièces de cent sous. Enfin, comme il insistait, elle énonça ses prétentions.

Il eut un sursaut de désappointement et refusa.

Alors, pour le convaincre, elle se mit à raisonner sur la durée probable de sa vie.

«Je n'en ai pas pour pu de cinq à six ans pour sûr. Me v'là sur mes soixante-treize, et pas vaillante avec ça. L'aut'e soir, je crûmes que j'allais passer*. Il me semblait qu'on me vidait l'corps, qu'il a fallu me porter à mon lit.»

Mais Chicot ne se laissait pas prendre.

«Allons, allons, vieille pratique, vous êtes solide comme l'clocher d' l'église. Vous vivrez pour le moins cent dix ans. C'est vous qui m'enterrerez, pour sûr.»

Tout le jour fut encore perdu en discussions. Mais, comme la vieille ne céda pas, l'aubergiste, à la fin, consentit à donner les cinquante écus.

Ils signèrent l'acte le lendemain. Et la mère Magloire exigea dix écus de pots-de-vin.

* J'ai bien cru mourir

35

Trois ans s'écoulèrent, La bonne femme se portait comme un charme. Elle paraissait n'avoir pas vieilli d'un jour, et Chicot se désespérait. Il lui semblait, à lui, qu'il payait cette rente depuis un demi-siècle, qu'il était trompé, floué, ruiné. Il allait voir, en juillet, dans les champs, si les blés sont mûrs pour la faux. Elle le recevait avec une malice dans le regard. On eût dit qu'elle se félicitait du bon tour qu'elle lui avait joué; et il remontait bien vite dans son tilbury* en murmurant: «Tu ne crèveras donc point, carcasse!»

Il ne savait que faire. Il eût voulu l'étrangler en la voyant. Il la haïssait d'une haine féroce, sournoise, d'une haine de paysan volé.

Alors il chercha des moyens.

Un jour enfin, il s'en vint la voir en se frottant les mains, comme il faisait la première fois lorsqu'il lui avait proposé le marché.

Et après avoir causé quelques minutes: «Dites donc, la mère, pourquoi que vous ne v'nez point dîner à la maison, quand vous passez à Épreville? On en jase; on dit comme ça que j'sommes pu amis, et ça me fait deuil. Vous savez, chez mé, vous ne payerez point, J'suis pas regardant à un dîner. Tant que le cœur vous en dira, v'nez sans retenue, ça m' fera plaisir.»

La mère Chicot ne se le fit point répéter, et le surlendemain, comme elle allait au marché dans sa carriole conduite par son valet Célestin, elle mit sans

* voiture tirée par un cheval

gêne son cheval à l'écurie chez maître Chicot, et réclama le dîner promis.

L'aubergiste, radieux, la traita comme une dame, lui servit du poulet, du boudin, de l'andouille, du gigot et du lard aux choux. Mais elle ne mangea presque rien, sobre depuis son enfance, ayant toujours vécu d'un peu de soupe et d'une croûte de pain beurré.

Chicot insistait, désappointé. Elle ne buvait pas non plus. Elle refusa de prendre du café.

Il demanda: «Vous accepterez toujours un p'tit verre.»

«Ah! pour ça, oui. Je ne dis pas non.»

Et il cria de tous ses poumons, à travers l'auberge: «Rosalie, apporte la fine, la surfine, le fil-en-dix*.»

Et la servante apparut, tenant une longue bouteille ornée d'une feuille de vigne en papier.

Il emplit deux petits verres.

«Goûtez ça, la mère, c'est de la fameuse.»

Et la bonne femme se mit à boire tout doucement, à petites gorgées, faisant durer le plaisir. Quand elle eut vidé son verre, elle l'égoutta, puis déclara: «Ça oui, c'est de la vine.»

Elle n'avait point fini de parler que Chicot lui en versait un second coup. Elle voulut refuser, mais il était trop tard, et elle le dégusta longuement, comme le premier.

Il voulut alors lui faire accepter une troisième tournée, mais elle résista. Il insistait: «Ça, c'est du lait, voyez-vous; mé, j'en bois dix, douze sans embarras. Ça passe comme du sucre. Rien au ventre, rien à la tête; on dirait que ça s'évapore sur la langue. Y a rien de meilleur pour la santé!»

Comme elle en avait bien envie, elle céda, mais elle n'en prit que la moitié du verre.

Alors Chicot, dans un élan de générosité, s'écria: «T'nez, puisqu'elle vous plaît, j'vas vous en donner un p'tit fût, histoire de vous montrer que j'sommes toujours une paire d'amis.»

La bonne femme ne dit pas non et s'en alla, un peu grise.

* Trois mots pour désigner une eau-de-vie de bonne qualité

Le lendemain, l'aubergiste entra dans la cour de la mère Magloire, puis tira du fond de sa voiture une petite barrique cerclée de fer. Puis il voulut lui faire goûter le contenu, pour prouver que c'était bien la même fine; et, quand ils eurent encore bu chacun trois verres, il déclara, en s'en allant: «Et puis, vous savez, quand il n'y en aura pu, y en a encore; n'vous gênez point. Je n'suis pas regardant. Pu tôt que ce sera fini, pu que je serai content.»

Et il remonta dans son tilbury.

Il revint quatre jours plus tard. La vieille était devant sa porte, occupée à couper le pain de la soupe.

Il s'approcha, lui dit bonjour, lui parla dans le nez, histoire de sentir son haleine. Et il reconnut un souffle d'alcool. Alors son visage s'éclaira.

«Vous m'offrirez vien un verre de fil?» dit-il.

Et ils trinquèrent deux ou trois fois.

Mais bientôt le bruit courait dans la contrée que la mère Magloire s'ivrognait toute seule. On la ramassait tantôt dans la cuisine, tantôt dans sa cour, tantôt dans les chemins des environs, et il fallait la rapporter chez elle, inerte comme un cadavre.

Chicot n'allait plus chez elle, et, quand on lui parlait de la paysanne, il murmurait avec un visage triste : «C'est-il pas malheureux, à son âge, d'avoir pris c't'habitude-là ? Voyez-vous, quand on est vieux, y a pas de ressource. Ça finira bien par lui jouer un mauvais tour !»

Ça lui joua un mauvais tour, en effet. Elle mourut l'hiver suivant, vers la Noël, étant tombée, soûle, dans la neige.

Et maître Chicot hérita de la ferme, en déclarant : «C'te manante, si elle s'était point boissonnée, elle en avait bien pour dix ans de plus.»

7 avril 1884

L'épave

C'était hier, 31 décembre.

Je venais de déjeuner avec mon vieil ami Georges Garin. Le domestique lui apporta une lettre couverte de cachets et de timbres étrangers.

Georges me dit: «Tu permets?»

«Certainement.»

Et il se mit à lire huit pages d'une grande écriture anglaise, croisée dans tous les sens. Il les lisait lentement, avec une attention sérieuse, avec cet intérêt qu'on met aux choses qui vous touchent le cœur.

Puis il posa la lettre sur un coin de la cheminée, et

il dit: – Tiens, en voilà une drôle d'histoire que je ne t'ai jamais racontée, une histoire sentimentale pourtant et qui m'est arrivée! Oh! ce fut un singulier jour de l'an, cette année-là. Il y a de cela vingt ans... puisque j'avais trente ans et que j'en ai cinquante!...

J'étais alors inspecteur de la Compagnie d'assurances maritimes que je dirige aujourd'hui. Je me disposais à passer à Paris la fête du 1er janvier, puisqu'on est convenu de faire de ce jour un jour de fête, quand je reçus une lettre du directeur me donnant l'ordre de partir immédiatement pour l'île de Ré, où venait de s'échouer un trois-mâts de Saint-Nazaire, assuré par nous. Il était alors huit heures du matin. J'arrivai à la Compagnie, à dix heures, pour recevoir des instructions; et, le soir même, je prenais l'express, qui me déposait à La Rochelle le lendemain 31 décembre.

J'avais deux heures, avant de monter sur le bateau de Ré, le *Jean-Guiton*. Je fis un tour en ville. C'est vraiment une ville bizarre et de grand caractère que La Rochelle, avec ses rues mêlées comme un labyrinthe et dont les trottoirs courent sous des galeries sans fin,

des galeries à arcades comme celles de la rue de Rivoli, mais basses, ces galeries et ces arcades écrasées, mystérieuses, qui semblent construites et demeurées comme un décor de conspirateurs, le décor antique et saisissant des guerres d'autrefois, des guerres de religion héroïques et sauvages. C'est la vieille cité huguenote*, grave, discrète, sans aucun de ces admirables monuments qui font Rouen si magnifique, mais re-

* C'est ainsi qu'on nommait les protestants pendant les guerres de religion.

marquable par toute sa physionomie sévère, un peu sournoise aussi, une cité de batailleurs obstinés, où doivent éclore les fanatismes, la ville où s'exalta la foi des calvinistes* et où naquit le complot des quatre sergents**.

Quand j'eus erré quelque temps par ces rues singulières, je montai sur un petit bateau à vapeur, noir et ventru, qui devait me conduire à l'île de Ré. Il partit en soufflant, d'un air de colère, passa entre les deux tours antiques qui gardent le port, traversa la rade, sortit de la digue construite par Richelieu, et dont on voit à fleur d'eau les pierres énormes, enfermant la ville comme un immense collier ; puis il obliqua vers la droite.

* Autre nom des Protestants, partisans de Calvin.
** Allusion à un épisode de l'histoire de La Rochelle : quatre sergents avaient participé aux événements tendant à renverser le roi, en 1822. Ils furent exécutés et devinrent des «martyrs» populaires.

C'était un de ces jours tristes qui oppressent, écrasent la pensée, compriment le cœur, éteignent en nous toute force et toute énergie ; un jour gris, glacial, sali par une brume lourde, humide comme de la pluie, froide comme de la gelée, infecte à respirer comme une buée d'égout.

Sous ce plafond de brouillard bas et sinistre, la mer jaune, la mer peu profonde et sablonneuse de ces plages illimitées, restait sans une ride, sans un mouvement, sans vie, une mer d'eau trouble, d'eau grasse, d'eau stagnante. Le *Jean-Guiton* passait dessus en roulant un peu, par habitude, coupait cette masse opaque et lisse, puis laissait derrière lui quelques vagues, quelques clapots, quelques ondulations qui se calmaient bientôt.

Je me mis à causer avec le capitaine, un petit homme presque sans pattes, tout rond comme son bateau et balancé comme lui. Je voulais, quelques détails sur le sinistre que j'allais constater. Un grand trois-mâts carré de Saint-Nazaire, le *Marie-Joseph*, avait échoué, par une nuit d'ouragan, sur les sables de l'île de Ré.

La tempête avait jeté si loin ce bâtiment, écrivait l'armateur, qu'il avait été impossible de le renflouer* et qu'on avait dû enlever au plus vite tout ce qui pouvait en être détaché. Il me fallait donc constater la situation de l'épave, apprécier quel devait être son état avant le naufrage, juger si tous les efforts avaient été tentés pour le remettre à flot. Je venais comme agent

* Réparer un navire provisoirement pour le ramener dans un port.

de la Compagnie, pour témoigner ensuite contradictoirement, si besoin était, dans le procès.

Au reçu de mon rapport, le directeur devait prendre les mesures qu'il jugerait nécessaires pour sauvegarder nos intérêts.

Le capitaine du *Jean-Guiton* connaissait parfaitement l'affaire, ayant été appelé à prendre part, avec son navire, aux tentatives de sauvetage.

Il me raconta le sinistre, très simple d'ailleurs. Le *Marie-Joseph* poussé par un coup de vent furieux, perdu dans la nuit, naviguant au hasard sur une mer d'écume – «une mer de soupe au lait», disait le capitaine, – était venu s'échouer sur ces immenses bancs de sable qui changent les côtes de cette région en Saharas illimités, aux heures de marée basse.

Tout en causant, je regardais autour de moi et devant moi. Entre l'océan et le ciel pesant restait un espace libre où l'œil voyait au loin. Nous suivions une terre. Je demandai: «C'est l'île de Ré?»

«Oui, Monsieur.»

Et tout à coup le capitaine, étendant la main droit devant nous, me montra, en pleine mer, une chose presque imperceptible, et me dit: «Tenez, voilà votre navire!»

«Le *Marie-Joseph?*...»

«Mais oui.»

J'étais stupéfait. Ce point noir, à peu près invisible, que j'aurais pris pour un écueil, me paraissait placé à trois kilomètres au moins des côtes.

Je repris: «Mais, Capitaine, il doit y avoir cent brasses* d'eau à l'endroit que vous me désignez?»

Il se mit à rire.

«Cent brasses, mon ami!... Pas deux brasses, je vous dis!...»

C'était un Bordelais. Il continua: «Nous sommes marée haute, neuf heures quarante minutes. Allez-vous-en par la plage mains dans vos poches, après le déjeuner de l'hôtel du *Dauphin*, et je vous promets qu'à deux heures cinquante ou trois heures *au plusse* vous toucherez l'épave, pied sec, mon ami, et vous aurez une heure quarante-cinq à deux heures pour rester dessus, pas *plusse,* par exemple; vous seriez pris. *Plusse* la mer elle va loin et *plusse* elle revient vite. C'est plat comme une punaise, cette côte! Remettez-vous en route à quatre heures cinquante, croyez-moi; et vous remontez à sept heures et demie sur le *Jean-Guiton*, qui vous dépose ce soir même sur le quai de La Rochelle.»

* Profondeur de l'eau. Ici plusieurs dizaines de mètres.

Je remerciai le capitaine et j'allai m'asseoir à l'avant du vapeur, pour regarder la petite ville de Saint-Martin, dont nous approchions rapidement.

Elle ressemblait à tous les ports en miniature qui servent de capitales à toutes les maigres îles semées le long des continents. C'était un gros village de pêcheurs, un pied dans l'eau, un pied sur terre, vivant de poissons et de volailles, de légumes et de coquilles, de radis et de moules. L'île est fort basse, peu cultivée, et semble cependant très peuplée; mais je ne pénétrai pas dans l'intérieur.

Après avoir déjeuné, je franchis un petit promontoire; puis, comme la mer baissait rapidement, je m'en allai, à travers les sables, vers une porte de roc noir que j'apercevais au-dessus de l'eau, là-bas, là-bas.

J'allais vite sur cette plaine jaune, élastique comme de la chair, et qui semblait suer sous mon pied. La mer, tout à l'heure, était là; maintenant, je l'apercevais au loin, se sauvant à perte de vue, et je ne distinguais plus la ligne qui séparait le sable de l'Océan. Je croyais assister à une féérie gigantesque et surnaturelle. L'Atlantique était devant moi tout à l'heure, puis il avait disparu dans la grève, comme font les décors dans les trappes, et je marchais à présent au milieu d'un désert. Seuls, la sensation, le souffle de l'eau salée demeuraient en moi. Je sentais l'odeur du varech, l'odeur de la vague, la rude et bonne odeur des côtes. Je marchais vite; je n'avais plus froid; je regardais l'épave échouée, qui grandissait à mesure que j'avançais et ressemblait à présent à une énorme baleine naufragée.

Elle semblait sortir du sol et prenait, sur cette immense étendue plate et jaune, des proportions surprenantes. Je l'atteignis enfin, après une heure de marche. Elle gisait sur le flanc, crevée, brisée, montrant, comme les côtes d'une bête, ses os rompus, ses os de bois goudronné, percés de clous énormes. Le

sable déjà l'avait envahie, entré par toutes les fentes, et il la tenait, la possédait, ne la lâcherait plus. Elle paraissait avoir pris racine en lui. L'avant était entré profondément dans cette plage douce et perfide, tandis que l'arrière, relevé, semblait jeter vers le ciel, comme un cri d'appel désespéré, ces deux mots blancs sur le bordage noir : *Marie-Joseph*.

J'escaladai ce cadavre de navire par le côté le plus bas ; puis, parvenu sur le pont, je pénétrai dans l'intérieur. Le jour, entré par les trappes défoncées et par les fissures des flancs, éclairait tristement ces sortes de caves longues et sombres, pleines de boiseries démolies. Il n'y avait plus rien là-dedans que du sable qui servait de sol à ce souterrain de planches.

Je me mis à prendre des notes sur l'état du bâtiment. Je m'étais assis sur un baril* vide et brisé, et j'écrivais à la lueur d'une large fente par où je pouvais apercevoir l'étendue illimitée de la grève. Un singulier frisson de froid et de solitude me courait sur la peau de moment en moment; et je cessais d'écrire parfois pour écouter le bruit vague et mystérieux de l'épave: bruit de crabes grattant les bordages de leurs griffes crochues, bruit de mille bêtes toutes petites de la mer, installées déjà sur ce mort, et aussi le bruit doux et régulier du taret** qui ronge sans cesse, avec son grincement de vrille, toutes les vieilles charpentes, qu'il creuse et dévore.

Et, soudain, j'entendis des voix humaines tout près de moi. Je fis un bond comme en face d'une apparition. Je crus vraiment, pendant une seconde, que j'allais voir se lever, au fond de la sinistre cale, deux noyés qui me raconteraient leur mort. Certes, il ne me fallut pas longtemps pour grimper sur le pont à la force des poignets: et j'aperçus debout, à l'avant du navire, un grand monsieur avec trois jeunes filles, ou plutôt, un grand Anglais avec trois misses. Assurément, ils eurent encore plus peur que moi en voyant surgir cet être rapide sur le trois-mâts abandonné. La plus jeune des fillettes se sauva; les deux autres saisirent leur père à pleins bras; quant à lui, il avait ouvert la bouche; ce fut le seul signe qui laissa voir son émotion.

* Un tonneau
** Insecte qui perce des galeries dans le bois

Puis, après quelques secondes, il parla : « Aoh, Mô-sieu, vos été la propriétaire de ce bâtiment ? »

« Oui, Monsieur. »

« Est-ce que je pôvé le visiter ? »

« Oui, Monsieur. »

Il prononça alors une longue phrase anglaise où je distinguai seulement ce mot : *gracious*, revenu plusieurs fois.

Comme il cherchait un endroit pour grimper, je lui indiquai le meilleur et je lui tendis la main, Il monta ; puis nous aidâmes les trois fillettes, rassurées. Elles étaient charmantes, surtout l'aînée, une blondine de dix-huit ans, fraîche comme une fleur, et si fine, si mignonne ! Vraiment, les jolies Anglaises ont bien l'air de fruits de la mer. On aurait dit que celle-là venait de sortir du sable et que ses cheveux en avaient gardé la nuance. Elles font penser, avec leur fraîcheur exquise, aux couleurs délicates des coquilles roses et aux perles nacrées, rares, mystérieuses, écloses dans les profondeurs inconnues des océans.

Elle parlait un peu mieux que son père ; et elle nous servit d'interprète. Il fallut raconter le naufrage dans

ses moindres détails, que j'inventai, comme si j'eusse assisté à la catastrophe. Puis, toute la famille descendit dans l'intérieur de l'épave. Dès qu'ils eurent pénétré dans cette sombre galerie, à peine éclairée, ils poussèrent des cris d'étonnement et d'admiration ; et soudain le père et les trois filles tinrent en leurs mains des albums, cachés sans doute dans leurs grands vêtements imperméables, et ils commencèrent en même temps quatre croquis au crayon de ce lieu triste et bizarre.

Ils s'étaient assis, côte à côte, sur une poutre en saillie, et les quatre albums, sur les huit genoux, se couvraient de petites lignes noires qui devaient représenter le ventre entr'ouvert du *Marie-Joseph*.

Tout en travaillant, l'aînée des fillettes causait avec moi, qui continuais à inspecter le squelette du navire.

J'appris qu'ils passaient l'hiver à Biarritz et qu'ils étaient venus tout exprès à l'île de Ré, pour contempler ce trois-mâts enlisé. Ils n'avaient rien de la morgue* anglaise, ces gens; c'étaient de simples et braves toqués, de ces errants éternels dont l'Angleterre couvre le monde. Le père long, sec, la figure rouge encadrée de favoris blancs, vrai sandwich vivant, une tranche de jambon découpée en tête humaine entre deux coussinets de poils; les filles, hautes sur jambes, de petits échassiers en croissance, sèches aussi, sauf l'aînée, et gentilles toutes trois, mais surtout la plus grande.

Elle avait une si drôle de manière de parler, de raconter, de rire, de comprendre et de ne pas comprendre, de lever les yeux pour m'interroger, des yeux bleus comme l'eau profonde, de cesser de dessiner pour deviner, de se remettre au travail et de dire «yes» ou «no», que je serais demeuré un temps indéfini à l'écouter et à la regarder.

Tout à coup, elle murmura: «J'entendai une petit mouvement sur cette bateau.»

Je prêtai l'oreille; et je distinguai aussitôt un léger bruit, singulier, continu. Qu'était-ce? Je me levai pour aller regarder par la fente, et je poussai un cri violent. La mer nous avait rejoints; elle allait nous entourer!

Nous fûmes aussitôt sur le pont. Il était trop tard. L'eau nous cernait, et elle courait vers la côte avec

* Morgue: attitude hautaine. Les Anglais avaient la réputation d'être méprisants vis à vis des étrangers!

une prodigieuse vitesse. Non, cela ne courait pas, cela glissait, rampait, s'allongeait comme une tache démesurée. A peine quelques centimètres d'eau couvraient le sable; mais on ne voyait plus déjà la ligne fuyante de l'imperceptible flot.

L'Anglais voulut s'élancer; je le retins; la fuite était impossible, à cause des mares profondes que nous avions dû contourner en venant, et où nous tomberions au retour.

Ce fut, dans nos cœurs, une minute d'horrible angoisse. Puis la petite Anglaise se mit à sourire et murmura: «Ce été nous les naufragés!»

Je voulus rire; mais la peur m'étreignit, une peur lâche, affreuse, basse et sournoise comme ce flot. Tous les dangers que nous courions m'apparurent en même temps. J'avais envie de crier: «Au secours!» Vers qui?

Les deux petites Anglaises s'étaient blotties contre leur père, qui regardait, d'un œil consterné, la mer démesurée autour de nous.

Et la nuit tombait, aussi rapide que l'Océan montant, une nuit lourde, humide, glacée.

Je dis: «Il n'y a rien à faire qu'à demeurer sur ce bateau.»

L'Anglais répondit: «Oh! yes!»

Et nous restâmes là un quart d'heure, une demi-heure, je ne sais en vérité, combien de temps à regarder, autour de nous, cette eau jaune qui s'épaississait, tournait, semblait bouillonner, semblait jouer sur l'immense grève reconquise.

Une des fillettes eut froid, et l'idée nous vint de redescendre, pour nous mettre à l'abri de la brise légère, mais glacée, qui nous effleurait et nous piquait la peau.

Je me penchai sur la trappe. Le navire était plein d'eau. Nous dûmes alors nous blottir contre le bordage d'arrière, qui nous garantissait un peu.

Les ténèbres, à présent nous enveloppaient, et nous restions serrés les uns contre les autres, entourés d'ombre et d'eau. Je sentais trembler, contre mon épaule, l'épaule de la petite Anglaise, dont les dents claquaient par instants; mais je sentais aussi la chaleur douce de son corps à travers les étoffes, et cette chaleur m'était délicieuse comme un baiser. Nous ne parlions plus; nous demeurions immobiles, muets, accroupis comme des bêtes dans un fossé, aux heures d'ouragan. Et pourtant, malgré tout, malgré la nuit, malgré le danger terrible et grandissant, je commençais à me sentir heureux d'être là, heureux du froid et du péril, heureux de ces longues heures d'ombre et d'angoisse à passer sur cette planche si près de cette jolie et mignonne fillette.

Je me demandais pourquoi cette étrange sensation de bien-être et de joie qui me pénétrait.

Pourquoi? Sait-on? Parce qu'elle était là? Qui, elle? Une petite Anglaise inconnue? Je ne l'aimais pas, je ne la connaissais point, et je me sentais attendri, conquis! J'aurais voulu la sauver, me dévouer pour elle, faire mille folies? Étrange chose! Comment se fait-il que la présence d'une femme nous bouleverse ainsi! Est-ce la puissance de sa grâce qui nous enveloppe? la séduction de la joliesse et de la jeunesse qui nous grise comme ferait le vin?

N'est-ce pas plutôt une sorte de toucher de l'amour, du mystérieux amour qui cherche sans cesse à unir les êtres, qui tente sa puissance dès qu'il a mis face à face l'homme et la femme, et qui les pénètre d'émotion, d'une émotion confuse, secrète, profonde, comme on mouille la terre pour y faire pousser des fleurs!

Mais le silence des ténèbres devenait effrayant, le silence du ciel, car nous entendions autour de nous, vaguement, un bruissement léger, infini, la rumeur de la mer sourde qui montait et le monotone clapotement du courant contre le bateau.

Tout à coup, j'entendis des sanglots. La plus petite des Anglaises pleurait. Alors son père voulut la consoler, et ils se mirent à parler dans leur langue, que je ne comprenais pas. Je devinai qu'il la rassurait et qu'elle avait toujours peur.

Je demandai à ma voisine : «Vous n'avez pas trop froid, Miss ?»

«Oh! si. J'avé froid beaucoup.»

Je voulus lui donner mon manteau, elle le refusa ; mais je l'avais ôté ; je l'en couvris malgré elle : Dans la courte lutte, je rencontrai sa main, qui me fit passer un frisson charmant dans tout le corps.

Depuis quelques minutes, l'air devenait plus vif, le clapotis de l'eau plus fort contre les flancs du navire. Je me dressai ; un grand souffle me passa sur le visage.

Le vent s'élevait.

L'Anglais s'en aperçut en même temps que moi, et il dit simplement : «C'est mauvaise pour nous, cette...»

Assurément c'était mauvais, c'était la mort certaine si des lames, mêmes de faibles lames, venaient attaquer et secouer l'épave, tellement brisée et disjointe que la première vague un peu rude l'emporterait en bouillie.

Alors notre angoisse s'accrut de seconde en seconde avec les rafales de plus en plus fortes. Maintenant, la mer brisait un peu, et je voyais dans les ténèbres des lignes blanches paraître et disparaître, des lignes d'écume, tandis que chaque flot heurtait la carcasse du *Marie-Joseph*, l'agitait d'un court frémissement qui nous montait jusqu'au cœur.

L'Anglaise tremblait; je la sentais frissonner contre moi, et j'avais une envie folle de la saisir dans mes bras.

Là-bas, devant nous, à gauche, à droite, derrière nous, des phares brillaient sur les côtes, des phares blancs, jaunes, rouges, tournants, pareils à des yeux énormes, à des yeux de géant qui nous regardaient, nous guettaient, attendaient avidement que nous eussions disparu. Un d'eux surtout m'irritait. Il s'éteignait toutes les trente secondes pour se rallumer aussitôt; c'était bien un œil, celui-là, avec sa paupière sans cesse baissée sur son regard de feu.

De temps en temps, l'Anglais frottait une allumette pour regarder l'heure; puis il remettait sa montre dans sa poche. Tout à coup, il me dit, par-dessus les têtes de ses filles, avec une souveraine gravité: «Môsieu, je vous souhaite bon année.»

Il était minuit. Je lui tendis ma main, qu'il serra; puis il prononça une phrase d'anglais, et soudain ses filles et lui se mirent à chanter le *God save the Queen**,

* Hymne national anglais.

qui monta dans l'air noir, dans l'air muet, et s'évapora à travers l'espace.

J'eus d'abord envie de rire ; puis je fus saisi par une émotion puissante et bizarre.

C'était quelque chose de sinistre et de superbe, ce chant de naufragés, de condamnés, quelque chose comme une prière, et aussi quelque chose de plus grand, de comparable à l'antique et sublime *Ave, Caesar, morituri te salutant**.

* Phrase rituelle que les gladiateurs criaient à César, dans la Rome antique, avant de se battre dans l'arène. «Ceux qui vont mourir te saluent, César.»

Quand ils eurent fini, je demandai à ma voisine de chanter toute seule une ballade, une légende, ce qu'elle voudrait, pour faire oublier nos angoisses. Elle y consentit et aussitôt sa voix claire et jeune s'envola dans la nuit. Elle chantait une chose triste sans doute, car les notes traînaient longtemps, sortaient lentement de sa bouche, et voletaient, comme des oiseaux blessés, au-dessus des vagues.

La mer grossissait, battait maintenant notre épave. Moi, je ne pensais plus qu'à cette voix. Et je pensais aussi aux sirènes. Si une barque avait passé près de nous, qu'auraient dit les matelots? Mon esprit tourmenté s'égarait dans le rêve! Une sirène! N'était-ce point, en effet, une sirène, cette fille de la mer, qui m'avait retenu sur ce navire vermoulu et qui, tout à l'heure, allait s'enfoncer avec moi dans les flots?...

Mais nous roulâmes brusquement tous les cinq sur le pont, car le *Marie-Joseph* s'était affaissé sur son flanc droit. L'Anglaise étant tombée sur moi, je l'avais saisie dans mes bras, et follement, sans savoir, sans comprendre, croyant venue ma dernière seconde, je baisais à pleine bouche sa joue, sa tempe et ses cheveux. Le bateau ne remuait plus; nous autres aussi ne bougions point.

Le père dit «Kate!» Celle que je tenais répondit «yes», et fit un mouvement pour se dégager. Certes, à cet instant j'aurais voulu que le bateau s'ouvrît en deux pour tomber à l'eau avec elle.

L'Anglais reprit: «Une petite bascoule, ce n'était rien. J'avé mes trois filles conserves.»

Ne voyant pas l'aînée, il l'avait crue perdue d'abord !

Je me relevai lentement, et, soudain, j'aperçus une lumière sur la mer, tout près de nous. Je criai ; on répondit. C'était une barque qui nous cherchait, le patron de l'hôtel ayant prévu notre imprudence.

Nous étions sauvés. J'en fus désolé ! On nous cueillit sur notre radeau, et on nous ramena à Saint-Martin.

L'Anglais, maintenant, se frottait les mains et murmurait : «Bonne souper ! bonne souper !»

On soupa, en effet. Je ne fus pas gai, je regrettais le *Marie-Joseph*.

Il fallut se séparer, le lendemain, après beaucoup d'étreintes et de promesses de s'écrire. Ils partirent vers Biarritz. Peu s'en fallut que je ne les suivisse.

J'étais toqué; je faillis demander cette fillette en mariage. Certes, si nous avions passé huit jours ensemble, je l'épousais! Combien l'homme, parfois, est faible et incompréhensible!

Deux ans s'écoulèrent sans que j'entendisse parler d'eux; puis je reçus une lettre de New York. Elle était mariée, et me le disait. Et, depuis lors, nous nous écrivons tous les ans, au 1er janvier. Elle me raconte sa vie, me parle de ses enfants, de ses sœurs, jamais de son mari! Pourquoi? Ah! pourquoi?... Et, moi, je ne lui parle que du *Marie-Joseph*... C'est peut-être la seule femme que j'aie aimée... non... que j'aurais aimée... Ah!... voilà... sait-on?... Les événements vous emportent... Et puis... et puis... tout passe. Elle doit être vieille, à présent... je ne la reconnaîtrais pas... Ah! celle d'autrefois... celle de l'épave... quelle créature... divine! Elle m'écrit que ses cheveux sont tout blancs... Mon Dieu!... ça m'a fait une peine horrible... Ah! ses cheveux blonds!... Non, la mienne n'existe plus... Que c'est triste... tout ça!...

1er *janvier 1886*

A vendre

Partir à pied, quand le soleil se lève, et marcher dans la rosée, le long des champs, au bord de la mer calme, quelle ivresse !

Quelle ivresse !

Elle entre en vous par les yeux avec la lumière, par la narine avec l'air léger, par la peau avec les souffles du vent.

Pourquoi gardons-nous le souvenir si clair, si cher, si aigu de certaines minutes d'amour avec la Terre, le souvenir d'une sensation délicieuse et rapide, comme de la caresse d'un paysage rencontré au détour d'une route, à l'entrée d'un vallon, au bord d'une rivière, ainsi qu'on rencontrerait une belle fille complaisante?

Je me souviens d'un jour, entre autres. J'allais, le long de l'Océan breton, vers la pointe du Finistère. J'allais, sans penser à rien, d'un pas rapide, le long des flots. C'était dans les environs de Quimperlé, dans cette partie la plus douce et la plus belle de la Bretagne.

Un matin de printemps, un de ces matins qui vous rajeunissent de vingt ans, vous refont des espérances et vous redonnent des rêves d'adolescents.

J'allais, par un chemin à peine marqué, entre les blés et les vagues. Les blés ne remuaient point du tout, et les vagues remuaient à peine. On sentait bien l'odeur douce des champs mûrs et l'odeur marine du varech. J'allais sans penser à rien, devant moi, continuant mon voyage commencé depuis quinze jours, un tour de Bretagne par les côtes. Je me sentais fort, agile, heureux et gai. J'allais.

Je ne pensais à rien! Pourquoi penser en ces heures de joie inconsciente, profonde, charnelle, joie de bête qui court dans l'herbe, ou qui vole dans l'air bleu sous le soleil? J'entendais chanter au loin des chants pieux. Une procession peut-être, car c'était un dimanche. Mais je tournai un petit cap et je demeurai immobile, ravi. Cinq gros bateaux de pêche m'apparurent remplis de gens, hommes, femmes, enfants, allant au pardon de Plouneven.

Ils longeaient la rive, doucement, poussés à peine par une brise molle et essoufflée qui gonflait un peu les voiles brunes, puis, s'épuisant aussitôt, les laissait retomber, flasques, le long des mâts.

Les lourdes barques glissaient lentement, chargées de monde. Et tout ce monde chantait. Les hommes debout sur les bordages, coiffés du grand chapeau, poussaient leurs notes puissantes, les femmes criaient

leurs notes aiguës, et les voix grêles des enfants passaient comme des sons de fifre faux dans la grande clameur pieuse et violente.

Et les passagers des cinq bateaux clamaient le même cantique, dont le rythme monotone s'élevait dans le ciel calme; et les cinq bateaux allaient l'un derrière l'autre, tout près l'un de l'autre.

Ils passèrent devant moi, contre moi, et je les vis s'éloigner, j'entendis s'affaiblir et s'éteindre leur chant.

Et je me mis à rêver à des choses délicieuses, comme rêvent les tout jeunes gens, d'une façon puérile et charmante.

Comme il fuit vite, cet âge de la rêverie, le seul âge heureux de l'existence! Jamais on n'est solitaire, jamais on n'est triste, jamais morose et désolé quand on porte la faculté divine de s'égarer dans les espérances, dès qu'on est seul. Quel pays de fées, celui où tout arrive, dans l'hallucination de la pensée qui vagabonde! Comme la vie est belle sous la poudre d'or des songes!

Hélas! c'est fini, cela!

Je me mis à rêver. A quoi? A tout ce qu'on attend sans cesse, tout ce qu'on désire, à la fortune, à la gloire, à la femme.

Et j'allais, à grands pas rapides, caressant de la main la tête blonde des blés qui se penchaient sous mes doigts et me chatouillaient la peau comme si j'eusse touché des cheveux.

Je contournai un petit promontoire et j'aperçus, au fond d'une plage étroite et ronde, une maison blanche, bâtie sur trois terrasses qui descendaient jusqu'à la grève.

Pourquoi la vue de cette maison me fit-elle tressaillir de joie? Le sais-je? On trouve parfois, en voyageant ainsi, des coins de pays qu'on croit connaître depuis longtemps, tant ils vous sont familiers, tant ils plaisent à votre cœur. Est-il possible qu'on ne les ait jamais vus? qu'on n'ait point vécu là autrefois? Tout vous séduit, vous enchante, la ligne douce de l'horizon, la disposition des arbres, la couleur du sable!

Oh! la jolie maison, debout sur ses hauts gradins! De grands arbres fruitiers avaient poussé le long des terrasses qui descendaient vers l'eau, comme des marches géantes. Et chacun portait, ainsi qu'une couronne d'or, sur son faîte, un long bouquet de genêts d'Espagne en fleur!

Je m'arrêtai, saisi d'amour pour cette demeure. Comme j'eusse aimé la posséder, y vivre, toujours!

Je m'approchai de la porte, le cœur battant d'envie, et j'aperçus, sur un des piliers de la barrière, un grand écriteau:

J'en ressentis une secousse de plaisir comme si on me l'eût offerte, comme si on me l'eût donnée, cette demeure! Pourquoi? oui, pourquoi? Je n'en sais rien!

« A vendre. » Donc elle n'était presque plus à quelqu'un, elle pouvait être à tout le monde, à moi, à moi! Pourquoi cette joie, cette sensation d'allégresse profonde, inexplicable? Je savais bien pourtant que je ne l'achèterais point! Comment l'aurais-je payée? N'importe, elle était à vendre. L'oiseau en cage appartient à son maître, l'oiseau dans l'air est à moi, n'étant à aucun autre.

Et j'entrai dans le jardin. Oh! le charmant jardin avec ses estrades superposées, ses espaliers aux longs bras de martyrs crucifiés, ses touffes de genêts d'or, et deux vieux figuiers au bout de chaque terrasse.

Quand je fus sur la dernière, je regardai l'horizon. La petite plage s'étendait à mes pieds, ronde et sablonneuse, séparée de la haute mer par trois rochers lourds et bruns qui en fermaient l'entrée et devaient briser les vagues aux jours de grosse mer.

Sur la pointe, en face, deux pierres énormes, l'une debout, l'autre couchée dans l'herbe, un menhir et un dolmen, pareils à deux époux étranges, immobilisés par quelque maléfice, semblaient regarder toujours la petite maison qu'ils avaient vu construire, eux qui connaissaient, depuis des siècles, cette baie autrefois solitaire, la petite maison qu'ils verraient s'écrouler, s'émietter, s'envoler, disparaître, la petite maison à vendre !

Oh ! vieux dolmen et vieux menhir, que je vous aime !

Et je sonnai à la porte comme si j'eusse sonné chez moi. Une femme vint m'ouvrir, une bonne, une vieille petite bonne vêtue de noir, coiffée de blanc, qui ressemblait à une béguine*. Il me sembla que je la connaissais aussi, cette femme.

* Une béguine est une femme qui fait partie d'une communauté religieuse particulière. Les béguines sont coiffées d'un bonnet blanc serré par deux rubans qu'on noue sous le menton. On appelle ce bonnet un béguin.

Je lui dis: «Vous n'êtes pas Bretonne, vous?»

Elle répondit: «Non, Monsieur, je suis de Lorraine.» Elle ajouta: «Vous veniez visiter la maison?»

«Eh! oui, parbleu.»

Et j'entrai.

Je reconnaissais tout, me semblait-il, les murs, les meubles. Je m'étonnai presque de ne pas trouver mes cannes dans le vestibule.

Je pénétrai dans le salon, un joli salon tapissé de nattes, et qui regardait la mer par trois larges fenêtres. Sur la cheminée, des potiches de Chine et une grande photographie de femme. J'allai vers elle aussitôt, persuadé que je la reconnaîtrais aussi. Et je la reconnus, bien que je fusse certain de ne l'avoir jamais rencontrée. C'était elle, elle-même, celle que j'attendais, que je désirais, que j'appelais, dont le visage hantait mes rêves. Elle, celle qu'on cherche toujours, partout, celle qu'on va voir dans la rue tout à l'heure, qu'on va trouver sur la route dans la campagne dès qu'on aperçoit une ombrelle rouge sur les blés, celle qui doit être déjà arrivée dans l'hôtel où j'entre en voyage, dans le wagon où je vais monter, dans le salon dont la porte s'ouvre devant moi.

C'était elle, assurément, indubitablement elle! Je la reconnus à ses yeux qui me regardaient, à ses cheveux roulés à l'anglaise, à sa bouche surtout, à ce sourire que j'avais deviné depuis longtemps.

Je demandai aussitôt: «Quelle est cette femme?»

La bonne à tête de béguine répondit sèchement: «C'est Madame.»

Je repris : «C'est votre maîtresse ?»

Elle répliqua avec son air dévot et dur : «Oh! non, Monsieur.»

Je m'assis et je prononçai : «Contez-moi ça.»

Elle demeurait stupéfaite, immobile, silencieuse.

J'insistai : «C'est la propriétaire de cette maison, alors!»

«Oh! non, Monsieur.»

«A qui appartient donc cette maison?»

«A mon maître, M. Tournelle.»

J'étendis le doigt vers la photographie.

«Et cette femme, qu'est-ce que c'est?»

«C'est Madame.»

«La femme de votre maître?»

«Oh! non, monsieur.»

«Sa maîtresse alors?»

La béguine ne répondit pas. Je repris, mordu par une vague jalousie, par une colère confuse contre cet homme qui avait trouvé cette femme : «Où sont-ils maintenant?»

La bonne murmura : «Monsieur est à Paris, mais, pour Madame, je ne sais pas.»

Je tressaillis : «Ah! Ils ne sont plus ensemble.»

«Non, Monsieur.»

Je fus rusé; et, d'une voix grave : «Dites-moi ce qui est arrivé, je pourrai peut-être rendre service à votre maître. Je connais cette femme, c'est une méchante!»

La vieille servante me regarda, et devant mon air ouvert et franc, elle eut confiance.

«Oh! Monsieur, elle a rendu mon maître bien malheureux. Il a fait sa connaissance en Italie et il l'a ramenée avec lui comme s'il l'avait épousée. Elle chantait très bien. Il l'aimait, Monsieur, que ça faisait pitié de le voir. Et ils ont été en voyage dans ce pays-ci, l'an dernier. Et ils ont trouvé cette maison qui avait été bâtie par un fou, un vrai fou pour s'installer à deux lieues du village. Madame a voulu l'acheter tout de suite, pour y rester avec mon maître. Et il a acheté la maison pour lui faire plaisir. Ils y sont demeurés tout l'été dernier, Monsieur, et presque tout l'hiver. Et puis, voilà qu'un matin, à l'heure du déjeuner, Monsieur m'appelle: Césarine, est-ce que Madame est rentrée? – Mais non, Monsieur. On attendit toute

la journée. Mon maître était comme un furieux. On chercha partout, on ne la trouva pas. Elle était partie, Monsieur, on n'a jamais su où ni comment.»

Oh! quelle joie m'envahit! J'avais envie d'embrasser la béguine, de la prendre par la taille et de la faire danser dans le salon!

Ah! elle était partie, elle s'était sauvée, elle l'avait quitté fatiguée, dégoûtée de lui! Comme j'étais heureux!

La vieille bonne reprit: «Monsieur a eu un chagrin à mourir, et il est retourné à Paris en me laissant avec mon mari pour vendre la maison. On en demande vingt mille francs.»

Mais je n'écoutais plus! Je pensais à elle! Et, tout à coup, il me sembla que je n'avais qu'à repartir pour la trouver, qu'elle avait dû revenir dans le pays, ce printemps, pour voir la maison, sa gentille maison, qu'elle aurait tant aimée, sans lui.

Je jetai dix francs dans les mains de la vieille femme; je saisis la photographie, et je m'enfuis en courant et baisant éperdument le doux visage entré dans le carton.

Je regagnai la route et me mis à marcher, en la regardant, elle! Quelle joie qu'elle fût libre, qu'elle se fût sauvée! Certes, j'allais la rencontrer aujourd'hui ou demain, cette semaine ou la suivante, puisqu'elle l'avait quitté! Elle l'avait quitté parce que mon heure était venue!

Elle était libre, quelque part dans le monde! Je n'avais plus qu'à la trouver puisque je la connaissais.

Et je caressais toujours les têtes ployantes des blés murs, je buvais l'air marin qui me gonflait la poitrine, je sentais le soleil me baiser le visage. J'allais, j'allais éperdu de bonheur, enivré d'espoir. J'allais, sûr de la rencontrer bientôt et de la ramener pour habiter à notre tour dans la jolie maison *A vendre*. Comme elle s'y plairait, cette fois!

5 janvier 1885

L'enfant

Après avoir longtemps juré qu'il ne se marierait jamais, Jacques Bourdillère avait soudain changé d'avis. Cela était arrivé brusquement, un été, aux bains de mer.

Un matin, comme il était étendu sur le sable, tout occupé à regarder les femmes sortir de l'eau, un petit pied l'avait frappé par sa gentillesse et sa mignardise. Ayant levé les yeux plus haut, toute la personne le séduisit. De toute cette personne, il ne voyait d'ailleurs que les chevilles et la tête émergeant d'un peignoir de flanelle blanche clos avec soin. On le disait sensuel et viveur. C'est donc par la seule grâce de la forme qu'il fut capté d'abord; puis il fut retenu par le charme d'un doux esprit de jeune fille, simple et bon, frais comme les joues et les lèvres.

Présenté à la famille, il plut et il devint bientôt fou d'amour. Quand il apercevait Berthe Lannis de loin, sur la longue plage de sable jaune, il frémissait jusqu'aux cheveux. Près d'elle, il devenait muet, incapable de rien dire et même de penser, avec une espèce de bouillonnement dans le cœur, de bourdonnement dans l'oreille, d'effarement dans l'esprit. Etait-ce bien de l'amour cela?

Il ne le savait, n'y comprenait rien, mais demeurait en tout cas, bien décidé à faire sa femme de cette enfant.

Les parents hésitèrent longtemps, retenus par la mauvaise réputation du jeune homme. Il avait une maîtresse, disait-on, une *vieille maîtresse*, une ancienne et forte liaison, une de ces chaînes qu'on croit rompues et qui tiennent toujours.

Outre cela, il aimait, pendant des périodes plus ou moins longues, toutes les femmes qui passaient à portée de ses lèvres.

Alors il se rangea, sans consentir même à revoir une seule fois celle avec qui il avait vécu longtemps. Un ami régla la pension* de cette femme, assura son existence. Jacques paya, mais ne voulut pas entendre parler d'elle, prétendant désormais ignorer jusqu'à son nom. Elle écrivit des lettres sans qu'il les ouvrît. Chaque semaine, il reconnaissait l'écriture maladroite de l'abandonnée ; et, chaque semaine, une colère plus grande lui venait contre elle, et il déchirait brusquement l'enveloppe et le papier, sans ouvrir, sans lire une ligne, une seule ligne, sachant d'avance les reproches et les plaintes contenus là-dedans.

Comme on ne croyait guère à sa persévérance, on fit durer l'épreuve tout l'hiver, et c'est seulement au printemps que sa demande fut agréée.

Le mariage eut lieu à Paris dans les premiers jours de mai.

Il était décidé qu'ils ne feraient point le classique voyage de noces. Après un petit bal, une sauterie de jeunes cousines qui ne se prolongerait point au delà de onze heures, pour ne pas éterniser les fatigues de cette

* s'occupa d'elle, versa chaque mois de l'argent.

longue journée de cérémonie, les jeunes époux devaient passer leur première nuit commune dans la maison familiale, puis partir seuls, le lendemain matin, pour la plage chère à leurs cœurs, où ils s'étaient connus et aimés.

La nuit était venue, on dansait dans le grand salon. Ils s'étaient retirés tous les deux dans un petit boudoir japonais, tendu de soies éclatantes, à peine éclairé, ce soir-là, par les rayons alanguis d'une grosse lanterne de couleur, pendue au plafond comme un œuf énorme. La fenêtre entr'ouverte laissait entrer parfois des souffles frais du dehors, des caresses d'air qui passaient sur les visages, car la soirée était tiède et calme, pleine d'odeurs de printemps.

Ils ne disaient rien; ils se tenaient les mains en se les pressant parfois de toute leur force. Elle demeurait, les yeux vagues, un peu éperdue par ce grand changement dans sa vie, mais souriante, remuée, prête à pleurer, souvent prête aussi à défaillir de joie, croyant le monde entier changé par ce qui lui arrivait, inquiète sans savoir de quoi, et sentant tout son corps, toute son âme envahis d'une indéfinissable et délicieuse lassitude.

Lui la regardait obstinément, souriant d'un sourire fixe. Il voulait parler, ne trouvait rien et restait là, mettant toute son ardeur en des pressions de mains. De temps en temps, il murmurait : « Berthe ! » et chaque fois elle levait les yeux sur lui d'un regard doux et tendre; ils se contemplaient une seconde, puis son regard à elle, pénétré et fasciné par son regard à lui, retombait.

Ils ne découvraient aucune pensée à échanger. On les laissait seuls; mais, parfois, un couple de danseurs jetait sur eux, en passant, un regard furtif, comme s'il eût été témoin discret et confident d'un mystère.

Une porte de côté s'ouvrit, un domestique entra, tenant sur un plateau une lettre pressée qu'un commissionnaire venait d'apporter. Jacques prit en tremblant ce papier, saisi d'une peur vague et soudaine, la peur mystérieuse des brusques malheurs.

Il regarda longtemps l'enveloppe dont il ne connaissait point l'écriture, n'osant pas l'ouvrir, désirant follement ne pas lire, ne pas savoir, mettre en poche cela, et se dire: «A demain. Demain, je

serai loin, peu importe!» Mais, sur un coin, deux grands mots soulignés: *très urgent*, le retenaient et l'épouvantaient. Il demanda: «Vous permettez, mon amie?» déchira la feuille collée et lut. Il lut le papier, pâlissant affreusement, le parcourut d'un coup et, lentement, sembla l'épeler.

Quand il releva la tête, toute sa face était bouleversée. Il balbutia: «Ma chère petite, c'est... c'est mon meilleur ami à qui il arrive un grand, un très grand malheur. Il a besoin de moi tout de suite... tout de suite... pour une affaire de vie ou de mort. Me permettez-vous de m'absenter vingt minutes? Je reviens aussitôt.»

Elle bégaya, tremblante, effarée: «Allez, mon ami!» n'étant pas encore assez sa femme pour oser l'interroger, pour exiger savoir. Et il disparut. Elle resta seule, écoutant danser dans le salon voisin.

Il avait pris un chapeau, le premier trouvé, un pardessus quelconque, et il descendit en courant l'escalier. Au moment de sauter dans la rue, il s'arrêta encore sous le bec de gaz du vestibule et relut la lettre.

Voici ce qu'elle disait:

Monsieur,
Une fille Ravet, votre ancienne maîtresse, paraît-il, vient d'accoucher d'un enfant qu'elle prétend être à vous. La mère va mourir et implore votre visite. Je prends la liberté de vous écrire et de vous demander si vous pouvez accorder ce dernier entretien à cette femme, qui semble être très malheureuse et digne de pitié.
Votre serviteur,

Dr Bonnard

Quand il pénétra dans la chambre de la mourante, elle agonisait déjà. Il ne la reconnut pas d'abord. Le médecin et deux gardes la soignaient, et partout à terre traînaient des seaux pleins de glace et des linges pleins de sang.

L'eau répandue inondait le parquet; deux bougies brûlaient sur un meuble; derrière le lit, dans un petit berceau d'osier, l'enfant criait, et, à chacun de ses vagissements, la mère, torturée, essayait un mouvement, grelottante sous les compresses gelées.

Elle saignait; elle saignait, blessée à mort, tuée par cette naissance. Toute sa vie coulait; et, malgré la glace, malgré les soins, l'invincible hémorragie continuait, précipitait son heure dernière.

Elle reconnut Jacques et voulut lever les bras: elle ne put pas, tant ils étaient faibles, mais sur ses joues livides des larmes commencèrent à glisser.

Il s'abattit à genoux près du lit, saisit une main pendante et la baisa frénétiquement; puis, peu à peu, il s'approcha tout près du maigre visage qui tressaillait à son contact. Une des gardes, debout, une bougie à la main les éclairait, et le médecin, s'étant reculé, regardait du fond de la chambre.

Alors d'une voix lointaine, en haletant, elle dit: «Je vais mourir, mon chéri; promets-moi de rester jusqu'à la fin, Oh! ne me quitte pas maintenant, ne me quitte pas au dernier moment!»

Il la baisait au front, dans ses cheveux, en sanglotant. Il murmura: «Sois tranquille, je vais rester.»

Elle fut quelques minutes avant de pouvoir parler encore, tant elle était oppressée et défaillante. Elle reprit: «C'est à toi, le petit. Je te le jure devant Dieu, je te le jure sur mon âme, je te le jure au moment de mourir. Je n'ai pas aimé d'autre homme que toi... Promets-moi de ne pas l'abandonner.»

Il essayait de prendre encore dans ses bras ce misérable corps déchiré, vidé de sang. Il balbutia, affolé de remords et de chagrin: «Je te le jure, je l'élèverai et je l'aimerai. Il ne me quittera pas.»

Alors elle tenta d'embrasser Jacques. Impuissante à lever sa tête épuisée, elle tendait ses lèvres blanches dans un appel de baiser. Il approcha sa bouche pour cueillir cette lamentable et suppliante caresse.

Un peu calmée, elle murmura tout bas: «Apporte-le, que je voie si tu l'aimes.»

Et il alla chercher l'enfant.

Il le posa doucement sur le lit, entre eux, et le petit être cessa de pleurer. Elle murmura: «Ne bouge plus!» Et il ne remua plus. Il resta là, tenant en sa main brûlante cette main que secouaient des frissons d'agonie, comme il avait tenu, tout à l'heure, une autre main que crispaient des frissons d'amour. De temps en temps, il regardait l'heure, d'un coup d'œil furtif, guettant l'aiguille qui passait minuit, puis une heure, puis deux heures.

Le médecin s'était retiré; les deux gardes après avoir rôdé quelque temps, d'un pas léger, par la chambre, sommeillaient maintenant sur des chaises. L'enfant dormait, et la mère, les yeux fermés, semblait se reposer aussi.

Tout à coup, comme le jour blafard filtrait entre les rideaux croisés, elle tendit ses bras d'un mouvement si brusque et si violent qu'elle faillit jeter à terre son enfant. Une espèce de râle se glissa dans sa gorge; puis elle demeura sur le dos, immobile, morte.

Les gardes accourues déclarèrent: «C'est fini.»

Il regarda une dernière fois cette femme qu'il avait aimée, puis la pendule qui marquait quatre heures, et s'enfuit oubliant son pardessus, en habit noir, avec l'enfant dans ses bras.

Après qu'il l'eut laissée seule, sa jeune femme avait attendu, assez calme d'abord, dans le petit boudoir japonais. Puis, ne le voyant point reparaître, elle était rentrée dans le salon, d'un air indifférent et tranquille, mais inquiète horriblement, Sa mère, l'apercevant seule, avait demandé: «Où donc est ton mari?» Elle avait répondu: «Dans sa chambre; il va revenir.»

Au bout d'une heure, comme tout le monde l'interrogeait, elle avoua la lettre et la figure bouleversée de Jacques, et ses craintes d'un malheur.

On attendit encore. Les invités partirent; seuls, les parents les plus proches demeuraient. A minuit, on coucha la mariée toute secouée de sanglots. Sa mère et deux tantes, assises autour du lit, l'écoutaient pleurer, muettes et désolées... Le père était parti chez le commissaire de police pour chercher des renseignements. A cinq heures, un bruit léger glissa dans le corridor; une porte s'ouvrit et se ferma doucement; puis soudain un petit cri pareil à un miaulement de chat courut dans la maison silencieuse.

Toutes les femmes furent debout d'un bond, et Berthe, la première, s'élança, malgré sa mère et sa tante, enveloppée de son peignoir de nuit.

Jacques, debout au milieu de la chambre, livide, haletant, tenait un enfant dans ses bras.

Les quatre femmes le regardèrent effarées; mais
Berthe, devenue soudain téméraire, le cœur crispé
d'angoisse, courut à lui: «Qu'y a-t-il? dites, qu'y a-t-
il?»

Il avait l'air fou; il répondit d'une voix saccadée:
«Il y a... il y a... que j'ai un enfant, et que la mère
vient de mourir...» Et il présentait dans ses mains in-
habiles le marmot hurlant.

Berthe, sans dire un mot, saisit l'enfant, l'embrassa,
l'étreignant contre elle; puis, relevant sur son mari ses
yeux pleins de larmes: «La mère est morte, dites-
vous?»

Il répondit: «Oui, tout de suite... dans mes bras... J'avais rompu depuis l'été... Je ne savais rien, moi... c'est le médecin qui m'a fait venir...»

Alors Berthe murmura: «Eh bien, nous l'élèverons ce petit.»

18 septembre 1883

La rempailleuse*

A Léon Hennique

C'était à la fin du dîner d'ouverture de chasse chez le marquis de Bertrans. Onze chasseurs, huit jeunes femmes et le médecin du pays étaient assis autour de la grande table illuminée, couverte de fruits et de fleurs.

On vint à parler d'amour, et une grande discussion s'éleva, l'éternelle discussion, pour savoir si on pouvait aimer vraiment une fois ou plusieurs fois. On cita des exemples de gens n'ayant jamais eu qu'un amour

---

* Métier consistant à refaire ou réparer le siège des chaises qui était fait en paille tressée. A cette époque les rempailleurs allaient de village en village proposer leurs services.

sérieux; on cita d'autres exemples de gens ayant aimé souvent, avec violence. Les hommes, en général, prétendaient que la passion, comme les maladies, peut frapper plusieurs fois le même être, et le frapper à le tuer si quelque obstacle se dresse devant lui. Bien que cette manière de voir ne fût pas contestable, les femmes, dont l'opinion s'appuyait sur la poésie bien plus que sur l'observation, affirmaient que l'amour, l'amour vrai, le grand amour, ne pouvait tomber qu'une fois sur un mortel, qu'il était semblable à la foudre, cet amour, et qu'un cœur touché par lui demeurait ensuite tellement vidé, ravagé, incendié, qu'aucun autre sentiment puissant, même aucun rêve, n'y pouvait germer de nouveau.

Le marquis ayant aimé beaucoup, combattait vivement cette croyance: «Je vous dis, moi, qu'on peut aimer plusieurs fois avec toutes ses forces et toute son âme. Vous me citez des gens qui se sont tués par amour, comme preuve de l'impossibilité d'une seconde passion. Je vous répondrai que, s'ils n'avaient pas commis cette bêtise de se suicider, ce qui leur enlevait toute chance de rechute, ils se seraient guéris; et ils auraient recommencé, et toujours, jusqu'à leur mort naturelle. Il en est des amoureux comme des ivrognes. Qui a bu boira – qui a aimé aimera. C'est une affaire de tempérament, cela.»

On prit pour arbitre le docteur, vieux médecin parisien retiré aux champs, et on le pria de donner son avis.

Justement il n'en avait pas.

«Comme l'a dit le marquis, c'est une affaire de tempérament; quant à moi, j'ai eu connaissance d'une passion qui dura cinquante-cinq ans sans un jour de répit, et qui ne se termina que par la mort.»

La marquise battit des mains.

«Est-ce beau cela! Et quel rêve d'être aimé ainsi! Quel bonheur de vivre cinquante-cinq ans tout enveloppé de cette affection acharnée et pénétrante! Comme il a dû être heureux et bénir la vie celui qu'on adora de la sorte!»

Le médecin sourit.

«En effet, Madame, vous ne vous trompez pas sur ce point, que l'être aimé fut un homme. Vous le connaissez, c'est M. Chouquet, le pharmacien du bourg. Quand à elle, la femme, vous l'avez connue aussi, c'est la vieille rempailleuse de chaises qui venait tous les ans au château. Mais je vais me faire mieux comprendre.»

L'enthousiasme des femmes était tombé; et leur visage dégoûté disait: «Pouah!» comme si l'amour n'eût dû frapper que des êtres fins et distingués, seuls dignes de l'intérêt des gens comme il faut.

Le médecin reprit:

– J'ai été appelé, il y a trois mois, auprès de cette vielle femme, à son lit de mort. Elle était arrivée, la

veille, dans la voiture qui lui servait de maison, traînée par la rosse que vous avez vue, et accompagnée de ses deux grands chiens noirs, ses amis et gardiens.

Le curé était déjà là. Elle nous fit ses exécuteurs testamentaires, et, pour nous dévoiler le sens de ses volontés dernières, elle nous raconta toute sa vie. Je ne sais rien de plus singulier et de plus poignant.

Son père était rempailleur et sa mère rempailleuse. Elle n'a jamais eu de logis planté en terre*.

Toute petite, elle errait, haillonneuse, vermineuse**, sordide. On s'arrêtait à l'entrée des villages, le long des fossés; on dételait la voiture; le cheval broutait; le chien dormait, le museau sur ses pattes; et la petite se

roulait dans l'herbe pendant que le père et la mère rafistolaient, à l'ombre des ormes du chemin, tous les vieux sièges de la commune. On ne parlait guère, dans cette demeure ambulante. Après les quelques mots nécessaires pour décider qui ferait le tour des maisons en poussant le cri bien connu: «Remmmpailleur de chaises!» on se mettait à tortiller la paille, face à face ou côte à côte. Quand l'enfant allait trop loin

* Elle n'a jamais eu de domicile fixe.
** Couverte de vermine: poux, puces, etc.

ou tentait d'entrer en relation avec quelque galopin du village, la voix colère du père la rappelait : «Veux-tu bien revenir ici, crapule!» C'étaient les seuls mots de tendresse qu'elle entendait.

Quand elle devint plus grande, on l'envoya faire la récolte des fonds de sièges avariés*. Alors elle ébaucha quelques connaissances** de place en place avec les gamins ; mais c'étaient alors les parents de ses nouveaux amis qui rappelaient brutalement leurs enfants : «Veux-tu bien venir ici, polisson! Que je te voie causer avec les va-nu-pieds!...»

Souvent les petits gars lui jetaient des pierres.

Des dames lui ayant donné quelques sous, elle les garda soigneusement.

Un jour – elle avait alors onze ans – comme elle passait par ce pays, elle rencontra derrière le cimetière le petit Chouquet qui pleurait parce qu'un camarade

* abimés
** elle fit connaissance

lui avait volé deux liards*. Ces larmes d'un petit bourgeois, d'un de ces petits qu'elle s'imaginait, dans sa frêle caboche de déshéritée, être toujours contents et joyeux, la bouleversèrent. Elle s'approcha, et, quand elle connut la raison de sa peine, elle versa entre ses mains toutes ses économies, sept sous, qu'il prit naturellement, en essuyant ses larmes. Alors, folle de joie, elle eut l'audace de l'embrasser. Comme il considérait attentivement sa monnaie, il se laissa faire. Ne se voyant ni repoussée, ni battue, elle recommença; elle l'embrassa à pleins bras, à plein cœur. Puis elle se sauva.

Que se passa-t-il dans cette misérable tête? S'est-elle attachée à ce mioche parce qu'elle lui avait sacrifié sa fortune de vagabonde, ou parce qu'elle lui avait donné son premier baiser tendre? Le mystère est le même pour les petits que pour les grands.

Pendant des mois, elle rêva de ce coin de cimetière et de ce gamin. Dans l'espérance de le revoir elle vola ses parents, grappillant un sou par-ci, un sou par-là, sur un rempaillage, ou sur les provisions qu'elle allait acheter.

Quand elle revint, elle avait deux francs dans sa poche, mais elle ne put qu'apercevoir le petit pharmacien, bien propre, derrière les carreaux de la boutique paternelle, entre un bocal rouge et un ténia.

Elle ne l'en aima que davantage, séduite, émue, extasiée par cette gloire de l'eau colorée, cette apothéose des cristaux luisants.

* Très petite somme d'argent

Elle garda en elle son souvenir ineffaçable, et, quand elle le rencontra, l'an suivant, derrière l'école, jouant aux billes avec ses camarades, elle se jeta sur lui, le saisit dans ses bras, et le baisa avec tant de violence qu'il se mit à hurler de peur. Alors, pour l'apaiser, elle lui donna son argent: trois francs vingt, un vrai trésor, qu'il regardait avec des yeux agrandis.

Il le prit et se laissa caresser tant qu'elle voulut.

Pendant quatre ans encore, elle versa entre ses mains toutes ses réserves, qu'il empochait avec conscience en échange de baisers consentis. Ce fut une fois trente sous, une fois deux francs, une fois douze sous (elle en pleura de peine et d'humiliation, mais l'année avait été mauvaise) et la dernière fois, cinq francs, une grosse pièce ronde, qui le fit rire d'un rire content.

Elle ne pensait plus qu'à lui; et il attendait son retour avec une certaine impatience, courait au-devant

d'elle en la voyant, ce qui faisait bondir le cœur de la fillette.

Puis il disparut. On l'avait mis au collège. Elle le sut en interrogeant habilement. Alors elle usa d'une diplomatie infinie pour changer l'itinéraire de ses parents et les faire passer par ici au moment des vacances. Elle y réussit, mais après un an de ruses. Elle était donc restée deux ans sans le revoir; et elle le reconnut à peine, tant il était changé, grandi, embelli, imposant dans sa tunique à boutons d'or. Il feignit de ne pas la voir et passa fièrement près d'elle.

Elle en pleura pendant deux jours; et depuis lors elle souffrit sans fin.

Tous les ans elle revenait; passait devant lui sans oser le saluer et sans qu'il daignât même tourner les yeux vers elle. Elle l'aimait éperdument. Elle me dit: «C'est le seul homme que j'aie vu sur la terre, monsieur le Médecin; je ne sais pas si les autres existaient seulement.»

Ses parents moururent. Elle continua leur métier, mais elle prit deux chiens au lieu d'un, deux terribles chiens qu'on n'aurait pas osé braver.

Un jour, en rentrant dans ce village où son cœur était resté, elle aperçut une jeune femme qui sortait de la boutique Chouquet au bras de son bien-aimé. C'était sa femme. Il était marié.

Le soir même, elle se jeta dans la mare qui est sur la place de la Mairie. Un ivrogne attardé la repêcha, et la porta à la pharmacie. Le fils Chouquet descendit en robe de chambre, pour la soigner, et, sans paraître la reconnaître, la déshabilla, la frictionna, puis il lui dit d'une voix dure: «Mais vous êtes folle! Il ne faut pas être bête comme ça!»

Cela suffit pour la guérir. Il lui avait parlé! Elle était heureuse pour longtemps.

Il ne voulut rien recevoir en rémunération de ses soins, bien qu'elle insistât vivement pour le payer.

Et toute sa vie s'écoula ainsi. Elle rempaillait en songeant à Chouquet. Tous les ans, elle l'apercevait derrière ses vitraux. Elle prit l'habitude d'acheter chez lui des provisions de menus médicaments. De sorte qu'elle le voyait de près, et lui parlait, et lui donnait encore de l'argent.

Comme je vous l'ai dit en commençant, elle est morte ce printemps. Après m'avoir raconté toute cette histoire, elle me pria de remettre à celui qu'elle avait si patiemment aimé, toutes les économies de son existence, car elle n'avait travaillé que pour lui, disait-elle, jeûnant même pour mettre de côté, et être sûre qu'il penserait à elle, au moins une fois, quand elle serait morte.

Elle me donna donc deux mille trois cent vingt-sept francs. Je laissai à M. le curé les vingt-sept francs pour l'enterrement, et j'emportai le reste quand elle eut rendu le dernier soupir.

Le lendemain, je me rendis chez les Chouquet. Ils achevaient de déjeuner, en face l'un de l'autre, gros et rouges, fleurant les produits pharmaceutiques, importants et satisfaits.

On me fit asseoir; on m'offrit un kirsch, que j'acceptai; et je commençai mon discours d'une voix émue, persuadé qu'ils allaient pleurer.

Dès qu'il eut compris qu'il avait été aimé de cette vagabonde, de cette rempailleuse, de cette rouleuse, Chouquet bondit d'indignation, comme si elle lui avait volé sa réputation, l'estime des honnêtes gens, son honneur intime, quelque chose de délicat qui lui était plus cher que la vie.

Sa femme, aussi exaspérée que lui, répétait: «Cette gueuse! cette gueuse! cette gueuse!...» Sans pouvoir trouver autre chose.

Il s'était levé; il marchait à grands pas derrière la table, le bonnet grec* chaviré sur une oreille. Il balbutiait: «Comprend-on ça, Docteur? Voilà de ces choses horribles pour un homme! Que faire? Oh! si je

* Bonnet carré, porté par les pharmaciens à l'époque

l'avais su de son vivant, je l'aurais fait arrêter par la gendarmerie et flanquer en prison. Et elle n'en serait pas sortie, je vous en réponds!»

Je demeurais stupéfait du résultat de ma démarche pieuse. Je ne savais que dire ni que faire. Mais j'avais à compléter ma mission. Je repris : «Elle m'a chargé de vous remettre ses économies, qui montent à deux mille trois cents francs. Comme ce que je viens de vous apprendre semble vous être fort désagréable, le mieux serait peut-être de donner cet argent aux pauvres.»

Ils me regardaient, l'homme et la femme perclus de saisissement.

Je tirai l'argent de ma poche, du misérable argent de tous les pays et de toutes les marques, de l'or et des sous mêlés. Puis je demandai: «Que décidez-vous?»

Mme Chouquet parla la première: «Mais, puisque c'était sa dernière volonté, à cette femme... il me semble qu'il nous est bien difficile de refuser.»

Le mari, vaguement confus, reprit: «Nous pourrions toujours acheter avec ça quelque chose pour nos enfants.»

Je dis d'un air sec: «Comme vous voudrez.»

Il reprit: «Donnez toujours, puisqu'elle vous en a chargé; nous trouverons bien moyen de l'employer à quelque bonne œuvre.»

Je remis l'argent, je saluai et je partis.

Le lendemain Chouquet vint me trouver et, brusquement: «Mais elle a laissé sa voiture, cette... cette femme. Qu'est-ce que vous en faites, de cette voiture?

«Rien, prenez-la si vous voulez.»

«Parfait; cela me va; j'en ferai une cabane pour mon potager.»

Il s'en allait. Je le rappelai. «Elle a laissé aussi son vieux cheval et ses deux chiens. Les voulez-vous?»

Il s'arrêta, surpris: «Ah! non, par exemple; que voulez-vous que j'en fasse? Disposez-en comme vous voudrez.» Et il riait. Puis il me tendit sa main que je serrai. Que voulez-vous? Il ne faut pas, dans un pays, que le médecin et le pharmacien soient ennemis.

J'ai gardé les chiens chez moi. Le curé, qui a une grande cour, a pris le cheval. La voiture sert de cabane à Chouquet; et il a acheté cinq obligations de chemin de fer avec l'argent*.

* Cela revient à prêter de l'argent à une Société qui, en échange, verse chaque année une part de ses bénéfices puis rembourse les obligations par tirage au sort ou au terme de la durée du prêt.

Voilà le seul amour profond que j'aie rencontré, dans ma vie.

Le médecin se tut.

Alors la marquise, qui avait des larmes dans les yeux, soupira: «Décidément, il n'y a que les femmes pour savoir aimer!»

17 septembre 1882

Amour

Trois pages du livre d'un chasseur

Je viens de lire dans un fait divers de journal un drame de passion. Il l'a tuée, puis il s'est tué, donc il l'aimait. Qu'importent Il et Elle ? Leur amour seul m'importe ; et il ne m'intéresse point parce qu'il m'attendrit ou parce qu'il m'étonne, ou parce qu'il m'émeut ou parce qu'il me fait songer, mais parce qu'il me rappelle un souvenir de ma jeunesse, un étrange souvenir de chasse où m'est apparu l'Amour comme apparaissaient aux premiers chrétiens des croix au milieu du ciel.

Je suis né avec tous les instincts et les sens de

l'homme primitif tempérés par des raisonnements et des émotions de civilisé. J'aime la chasse avec passion ; et la bête saignante, le sang sur les plumes, le sang sur mes mains, me crispent le cœur à le faire défaillir.

Cette année-là, vers la fin de l'automne, les froids arrivèrent brusquement, et je fus appelé par un de mes cousins, Karl de Rauville, pour venir avec lui tuer des canards dans les marais, au lever du jour.

Mon cousin, gaillard de quarante ans, roux, très fort et très barbu, gentilhomme de campagne, demi-brute aimable, d'un caractère gai, doué de cet esprit gaulois qui rend agréable la médiocrité, habitait une sorte de ferme-château dans une vallée large où coulait une rivière. Des bois couvraient les collines de droite et de gauche, vieux bois seigneuriaux où restaient des arbres magnifiques et où l'on trouvait les plus rares gibiers à plume de toute cette partie de la France. On y tuait des aigles quelquefois; et les oiseaux de passage, ceux qui presque jamais ne viennent en nos pays trop peuplés, s'arrêtaient presque infailliblement dans ces branchages séculaires comme s'ils eussent connu ou reconnu un petit coin de forêt des anciens temps demeuré là pour leur servir d'abri en leur courte étape nocturne.

Dans la vallée, c'étaient de grands herbages arrosés par des rigoles et séparés par des haies; puis, plus loin, la rivière, canalisée jusque-là, s'épandait en un vaste marais. Ce marais, la plus admirable région de chasse que j'aie jamais vue, était tout le souci de mon cousin qui l'entretenait comme un parc. A travers l'immense peuple de roseaux qui le couvrait, le faisait vivant, bruissant, houleux, on avait tracé d'étroites avenues où les barques plates, conduites et dirigées avec des perches, passaient, muettes, sur l'eau morte, frôlaient les joncs, faisaient fuir les poissons rapides à travers les herbes et plonger les poules sauvages dont la tête noire et pointue disparaissait brusquement.

J'aime l'eau d'une passion désordonnée: la mer, bien que trop grande, trop remuante, impossible à posséder, les rivières si jolies mais qui passent, qui fuient, qui s'en vont, et les marais surtout où palpite toute l'existence inconnue des bêtes aquatiques. Le marais, c'est un monde entier sur la terre, monde différent, qui a sa vie propre, ses habitants sédentaires, et ses voyageurs de passage, ses voix, ses bruits et son mystère surtout. Rien n'est plus troublant, plus inquiétant, plus effrayant, parfois, qu'un marécage.

Pourquoi cette peur qui plane sur ces plaines basses couvertes d'eau? Sont-ce les vagues rumeurs des roseaux, les étranges feux follets, le silence profond qui les enveloppe dans les nuits calmes, ou bien les brumes bizarres, qui traînent sur les joncs comme des robes de mortes, ou bien encore l'imperceptible clapotement, si léger, si doux, et plus terrifiant parfois que le canon des hommes ou que le tonnerre du ciel, qui fait ressembler les marais à des pays de rêve, à des pays re-

cachant un secret inconnaissable et dange-

utre chose s'en dégage, un autre mystère,
ond, plus grave, flotte dans les brouillards
le mystère même de la création peut-être! Car
n'est-ce pas dans l'eau stagnante et fangeuse, dans la
lourde humidité des terres mouillées sous la chaleur
du soleil, que remua, que vibra, que s'ouvrit au jour'le
premier germe de vie?

J'arrivai le soir chez mon cousin. Il gelait à fendre
les pierres.

Pendant le dîner, dans la grande salle dont les buf-
fets, les murs, le plafond étaient couverts d'oiseaux
empaillés, aux ailes étendues, ou perchés sur des
branches accrochées par des clous, éperviers, hérons,
hiboux, engoulevents, buses, tiercelets, vautours, fau-
cons, mon cousin, pareil lui-même à un étrange animal des pays froids, vêtu d'une jaquette en peau de
phoque, me racontait les dispositions qu'il avait prises
pour cette nuit même.

Nous devions partir à trois heures et demie du
matin, afin d'arriver vers quatre heures et demie au
point choisi pour notre affût. On avait construit à cet
endroit une hutte avec des morceaux de glace pour
nous abriter un peu contre le vent terrible qui précède
le jour, ce vent chargé de froid qui déchire la chair
comme des scies, la coupe comme des lames, la pique
comme des aiguillons empoisonnés, la tord comme
des tenailles, et la brûle comme du feu.

Mon cousin se frottait les mains: «Je n'ai jamais vu

une gelée pareille, disait-il, nous avions déjà douze degrés sous zéro à six heures du soir.»

J'allai me jeter sur mon lit aussitôt après le repas, et je m'endormis à la lueur d'une grande flamme flambant dans ma cheminée.

A trois heures sonnantes on me réveilla. J'endossai, à mon tour, une peau de mouton et je trouvai mon cousin Karl couvert d'une fourrure d'ours. Après avoir avalé chacun deux tasses de café brûlant suivies de deux verres de fine champagne, nous partîmes accompagnés d'un garde et de nos chiens: Plongeon et Pierrot.

Dès les premiers pas dehors, je me sentis glacé jusqu'aux os. C'était une de ces nuits où la terre semble morte de froid. L'air gelé devient résistant, palpable tant il fait mal; aucun souffle ne l'agite; il est figé, immobile; il mord, traverse, dessèche, tue les arbres, les plantes, les insectes, les petits oiseaux eux-mêmes qui tombent des branches sur le sol dur, et deviennent durs aussi, comme lui, sous l'étreinte du froid.

La lune, à son dernier quartier, toute penchée sur le côté, toute pâle, paraissait défaillante au milieu de l'espace, et si faible qu'elle ne pouvait plus s'en aller, qu'elle restait là-haut, saisie aussi, paralysée par la rigueur du ciel. Elle répandait une lumière sèche et triste sur le monde, cette lueur mourante et blafarde qu'elle nous jette chaque mois, à la fin de sa résurrection.

Nous allions, côte à côte, Karl et moi, le dos courbé, les mains dans nos poches et le fusil sous le bras.

Nos chaussures enveloppées de laine afin de pouvoir marcher sans glisser sur la rivière gelée ne faisaient aucun bruit et je regardais la fumée blanche que faisait l'haleine de nos chiens.

Nous fûmes bientôt au bord du marais, et nous nous engageâmes dans une des allées de roseaux secs qui s'avançait à travers cette forêt basse.

Nos coudes, frôlant les longues feuilles en rubans, laissaient derrière nous un léger bruit; et je me sentis saisi, comme je ne l'avais jamais été, par l'émotion puissante et singulière que font naître en moi les marécages. Il était mort, celui-là, mort de froid, puisque nous marchions dessus, au milieu de son peuple de joncs desséchés.

Tout à coup, au détour d'une des allées, j'aperçus la hutte de glace qu'on avait construite pour nous mettre à l'abri. J'y entrai, et comme nous avions encore près d'une heure à attendre le réveil des oiseaux errants, je me roulai dans ma couverture pour essayer de me réchauffer.

Alors, couché sur le dos, je me mis à regarder la lune déformée, qui avait quatre cornes à travers les parois vaguement transparentes de cette maison polaire.

Mais le froid du marais gelé, le froid de ces murailles, le froid tombé du firmament me pénétra bientôt d'une façon si terrible, que je me mis à tousser.

Mon cousin Karl fut pris d'inquiétude «Tant pis si nous ne tuons pas grand'chose aujourd'hui, dit-il, je ne veux pas que tu t'enrhumes; nous allons faire du feu.» Et il donna l'ordre au garde de couper des roseaux.

On en fit un tas au milieu de notre hutte défoncée au sommet pour laisser échapper la fumée; et lorsque la flamme rouge monta le long des cloisons claires de cristal, elles se mirent à fondre, doucement, à peine, comme si ces pierres de glace avaient sué. Karl, resté dehors, me cria: «Viens donc voir!»

Je sortis et je restai éperdu d'étonnement. Notre cabane, en forme de cône, avait l'air d'un monstrueux diamant au cœur de feu poussé soudain sur l'eau gelée du marais. Et dedans, on voyait deux formes fantastiques, celles de nos chiens qui se chauffaient.

Mais un cri bizarre, un cri perdu, un cri errant, passa sur nos têtes. La lueur de notre foyer réveillait les oiseaux sauvages.

Rien ne m'émeut comme cette première clameur de vie qu'on ne voit point et qui court dans l'air sombre, si vite, si loin, avant qu'apparaisse à l'horizon la première clarté des jours d'hiver. Il me semble à cette heure glaciale de l'aube, que ce cri fuyant emporté par les plumes d'une bête est un soupir de l'âme du monde!

Karl disait: «Éteignez le feu. Voici l'aurore.»

Le ciel en effet commençait à pâlir, et les bandes de canards traînaient de longues taches rapides, vite effacées, sur le firmament.

Une lueur éclata dans la nuit, Karl venait de tirer; et les deux chiens s'élancèrent.

Alors, de minute en minute, tantôt lui et tantôt moi, nous ajustions vivement dès qu'apparaissait au-dessus des roseaux l'ombre d'une tribu volante. Et Pierrot et Plongeon, essoufflés et joyeux, nous rapportaient des bêtes sanglantes dont l'œil quelquefois nous regardait encore.

Le jour s'était levé, un jour clair et bleu; le soleil apparaissait au fond de la vallée et nous songions à repartir, quand deux oiseaux, le col droit et les ailes tendues, glissèrent brusquement sur nos têtes. Je tirai.

Un d'eux tomba presque à mes pieds. C'était une sarcelle au ventre d'argent. Alors, dans l'espace au-dessus de moi, une voix, une voix d'oiseau cria. Ce fut une plainte courte, répétée, déchirante; et la bête, la petite bête épargnée se mit à tourner dans le bleu du ciel au-dessus de nous en regardant sa compagne morte que je tenais entre mes mains.

Karl, à genoux, le fusil à l'épaule, la guettait, attendant qu'elle fût assez proche.

«Tu as tué la femelle, dit-il, le mâle ne s'en ira pas.»

Certes, il ne s'en allait point; il tournoyait toujours, et pleurait autour de nous. Jamais gémissement de souffrance ne me déchira le cœur comme l'appel désolé, comme le reproche lamentable de ce pauvre animal perdu dans l'espace.

Parfois, il s'enfuyait sous la menace du fusil qui suivait son vol; il semblait prêt à continuer sa route, tout seul à travers le ciel. Mais ne s'y pouvant décider il revenait bientôt pour chercher sa femelle.

«Laisse-la par terre, me dit Karl, il approchera tout à l'heure.»

Il approchait, en effet, insouciant du danger, affolé par son amour de bête pour l'autre bête que j'avais tuée.

Karl tira; ce fut comme si on avait coupé la corde qui tenait suspendu l'oiseau. Je vis une chose noire qui tombait; j'entendis dans les roseaux le bruit d'une chute. Et Pierrot me le rapporta.

Je les mis, froids déjà, dans le même carnier... et je repartis, ce jour-là, pour Paris.

7 décembre 1886

La bête à mait' Belhomme

La diligence du Havre allait quitter Criquetot; et tous
les voyageurs attendaient l'appel de leur nom dans la
cour de l'hôtel du Commerce tenu par Malandain fils.

C'était une voiture jaune, montée sur des roues
jaunes aussi autrefois, mais rendues presque grises par
l'accumulation des boues. Celles de devant étaient
toutes petites; celles de derrière, hautes et frêles, portaient le coffre difforme et enflé comme un ventre de
bête. Trois rosses* blanches, dont on remarquait, au
premier coup d'œil, les têtes énormes et les gros ge-

* Une rosse , c'est un mauvais cheval.

114

noux ronds, attelées en arbalète, devaient traîner cette carriole qui avait du monstre dans sa structure et son allure. Les chevaux semblaient endormis déjà devant l'étrange véhicule.

Le cocher Césaire Horlaville, un petit homme à gros ventre, souple cependant, par suite de l'habitude constante de grimper sur ses roues et d'escalader l'impériale, la face rougie par le grand air des champs, les pluies, les bourrasques et les petits verres, les yeux devenus clignotants sous les coups de vent et de grêle, apparut sur la porte de l'hôtel en s'essuyant la bouche d'un revers de main. De larges paniers ronds, pleins de volailles effarées, attendaient devant les paysannes immobiles. Césaire Horlaville les prit l'un après l'autre et les posa sur le toit de sa voiture; puis il y plaça plus doucement ceux qui contenaient des œufs; il y jeta ensuite, d'en bas, quelques petits sacs de grain, de menus paquets enveloppés de mouchoirs, de bouts de toile ou de papiers. Puis il ouvrit la porte de derrière et, tirant une liste de sa poche, il lut en appelant: «Monsieur le Curé de Gorgeville.»

Le prêtre s'avança, un grand homme puissant, large, gros, violacé et d'air aimable. Il retroussa sa soutane pour lever le pied, comme les femmes retroussent leurs jupes, et grimpa dans la guimbarde.

«L'instituteur de Rollebosc-les-Grinets?»

115

L'homme se hâta, long, timide, enre-dingoté* jusqu'aux genoux; et il disparut à son tour dans la porte ouverte.

«Maît' Poiret, deux places.»

Poiret s'en vint, haut et tordu, courbé par la char-rue, maigri par l'absti-nence, osseux, la peau séchée par l'oubli des lavages. Sa femme le suivait, petite et maigre, pareille à une bique fatiguée, portant à deux mains un immense para-pluie vert.

«Maît' Rabot, deux places.»

Rabot hésita, étant de nature perplexe. Il demanda : «C'est ben mé qu't'appelles?»

* vêtu d'une redingote, sorte de manteau

Le cocher, qu'on avait surnommé «dégourdi», allait répondre une facétie*, quand Rabot piqua une tête vers la portière, lancé en avant par une poussée de sa femme, une gaillarde haute et carrée dont le ventre était vaste et rond comme une futaille**, les mains larges comme des battoirs.

Et Rabot fila dans la voiture à la façon d'un rat qui rentre dans son trou.

«Maît Caniveau.»

Un gros paysan, plus lourd qu'un bœuf, fit plier les ressorts et s'engouffra à son tour dans l'intérieur du coffre jaune.

«Maît' Belhomme.»

Belhomme, un grand maigre, s'approcha, le cou de travers, la face dolente, un mouchoir appliqué sur l'oreille comme s'il souffrait d'un fort mal de dents.

* une plaisanterie
** un tonneau

Tous portaient la blouse bleue par-dessus d'antiques et singulières vestes de drap noir ou verdâtre, vêtements de cérémonie qu'ils découvraient dans les rues du Havre; et leurs chefs* étaient coiffés de casquettes de soie, hautes comme des tours, suprême élégance dans la campagne normande.

Césaire Horlaville referma la portière de sa boîte, puis monta sur son siège et fit claquer son fouet.

Les trois chevaux parurent se réveiller et, remuant le cou, firent entendre un vague murmure de grelots.

Le cocher, alors, hurlant: «Hue!» de toute sa poitrine, fouailla les bêtes à tour de bras. Elles s'agitèrent, firent un effort, et se mirent en route d'un petit trot boiteux et lent. Et derrière elles, la voiture, secouant ses carreaux branlants et toute la ferraille de ses ressorts, faisait un bruit surprenant de ferblanterie et de verrerie, tandis que chaque ligne de voyageurs, ballottée et balancée par les secousses, avait des reflux de flots à tous les remous des cahots.

On se tut d'abord, par respect pour le curé, qui gênait les épanchements. Il se mit à parler le premier, étant d'un caractère loquace et familier.

«Eh bien, maît' Caniveau», dit-il, «ça va-t-il comme vous voulez?»

L'énorme campagnard, qu'une sympathie de taille, d'encolure et de ventre liait avec l'ecclésiastique, répondit en souriant: «Tout d'même, m'sieu le Curé, tout d'même, et d'vot' part?»

«Oh! d'ma part, ça va toujours.»

* leurs têtes

«Et vous, maît' Poiret?» demanda l'abbé.

«Oh! mé, ça irait, n'étaient les cossards (colzas) qui n'donneront guère c't'année; et, vu les affaires, c'est là-dessus qu'on s'rattrape.»

«Que voulez-vous, les temps sont durs.»

«Que oui, qu'i sont durs», affirma d'une voix de gendarme la grande femme de maît' Rabot.

Comme elle était d'un village voisin, le curé ne la connaissait que de nom.

«C'est vous, la Blondel?» dit-il.

«Oui, c'est mé, qu'a épousé Rabot.»

Rabot, fluet, timide et satisfait, salua en souriant; il salua d'une grande inclinaison de tête en avant, comme pour dire: «C'est bien moi Rabot, qu'a épousé la Blondel.»

Soudain maît' Belhomme, qui tenait toujours son mouchoir sur son oreille, se mit à gémir d'une façon lamentable. Il faisait «gniau... gniau... gniau...» en tapant du pied pour exprimer son affreuse souffrance.

«Vous avez donc bien mal aux dents?» demanda le curé.

Le paysan cessa un instant de geindre pour répondre: «Non point... m'sieu le Curé... C'est point des dents... c'est d'l'oreille, du fond d'l'oreille.»

«Qu'est-ce que vous avez donc dans l'oreille? Un dépôt»

«J'sais point si c'est un dépôt, mais j'sais ben qu'c'est eune bête, un' grosse bête, qui m'a entrée d'dans, vu que j'dormais su l'foin dans l'grenier.»

«Un' bête. Vous êtes sûr?»

«Si j'en suis sûr? Comme du Paradis, m'sieu le Curé, vu qu'a m'grignote l'fond d'l'oreille. A m'mange la tête, pour sûr! a m'mange la tête. Oh! gniau... gniau... gniau...» et il se remit à taper du pied.

Un grand intérêt s'était éveillé dans l'assistance. Chacun donnait son avis. Poiret voulait que ce fût une araignée, l'instituteur que ce fût une chenille. Il avait vu ça une fois déjà à Campemuret, dans l'Orne, où il était resté six ans; même la chenille était entrée dans la tête et sortie par le nez. Mais l'homme était demeuré sourd de cette oreille-là, puisqu'il avait le tympan crevé. «C'est plutôt un ver», déclara le curé.

Maît' Belhomme, la tête renversée de côté et appuyée contre la portière, car il était monté le dernier gémissait toujours.

«Oh! gniau... gniau... gniau... j'crairais ben qu'c'est eune frémi, eune grosse frémi, tant qu'a mord... T'nez, m'sieu le Curé... a galope... a galope... Oh! gniau... gniau... gniau... qué misère!!...»

«T'as point vu l'médecin?» demanda Caniveau.

«Pour sûr, non.»

«D'où vient ça?»

La peur du médecin sembla guérir Belhomme.

Il se redressa, sans toutefois lâcher son mouchoir.

«D'où vient ça! T'as des sous pour eusse, té, pour ces fainéants-là? Y s'rait v'nu eune fois, deux fois, trois fois, quat'fois, cinq fois! Ça fait, deusse écus de cent sous, deusse écus, pour sûr... Et qu'est-ce qu'il aurait fait, dis, çu fainéant, dis, qu'est-ce qu'il aurait fait? Sais-tu, té?»

Caniveau riait.

«Non, j'sas point. Oùsquè tu vas, comme ça?»

«J'vas t'au Havre vé Chambrelan.»

«Qué Chambrelan?»

«L'guérisseux, donc.»

«Qué guérisseux?»

«L'guérisseux qu'à guéri mon pé.»

«Ton pé?»

«Oui, mon pé, dans l'temps.»

«Qué qu'il avait, ton pé?»

«Un vent dans l'dos, qui n'en pouvait pu r'muer pied ni gambe.»

«Qué qui li a fait ton Chambrelan?»

«Il y a manié l'dos comm' pou' fé du pain, avec les deux mains donc! Et ça y a passé en une couple d'heures!» Belhomme pensait bien aussi que Chambrelan avait prononcé des paroles, mais il n'osait pas dire ça devant le curé.

Caniveau reprit en riant: «C'est-il point quéque lapin qu't'as dans l'oreille? Il aura pris çu trou-là pour son terrier, vu la ronce. Attends, j'vas l'fé sauver.»

Et Caniveau, formant un porte-voix de ses mains, commença à imiter les aboiements des chiens courants en chasse. Il jappait, hurlait, piaulait, aboyait. Et tout le monde se mit à rire dans la voiture, même l'instituteur qui ne riait jamais.

Cependant, comme Belhomme paraissait fâché qu'on se moquât de lui, le curé détourna la conversation et, s'adressant à la grande femme de Rabot: «Est-ce que vous n'avez pas une nombreuse famille?»

«Que oui, m'sieu le Curé... Que c'est dur à éle-ver!»

Rabot opinait de la tête, comme pour dire: «Oh! oui, c'est dur à élever.»

«Combien d'enfants?»

Elle déclara avec autorité, d'une voix forte et sûre: «Seize enfants, m'sieu l'Curé! Quinze de mon homme!»

Et Rabot se mit à sourire plus fort, en saluant du front. Il en avait fait quinze, lui, lui tout seul, Rabot! Sa femme l'avouait! Donc, on n'en pouvait point douter. Il en était fier, parbleu!

De qui le seizième? Elle ne le dit pas. C'était le premier, sans doute? On le savait peut-être, car on ne s'étonna point. Caniveau lui-même demeura impassible.

Mais Belhomme se mit à gémir: «Oh! gniau... gniau... gniau... a me trifouille dans l'fond... Oh! mi-sère!...»

La voiture s'arrêtait au café Polyte. Le curé dit: «Si on vous coulait un peu d'eau dans l'oreille, on la ferait peut-être sortir. Voulez-vous essayer?»

«Pour sûr! J'veux ben.»

Et tout le monde descendit pour assister à l'opéra-tion.

Le prêtre demanda une cuvette, une serviette et un verre d'eau; et il chargea l'instituteur de tenir bien in-clinée la tête du patient; puis, dès que le liquide aurait pénétré dans le canal, de la renverser brusquement.

Mais Caniveau, qui regardait déjà dans l'oreille de

Belhomme pour voir s'il ne découvrirait pas la bête à l'œil nu, s'écria: «Cré nom d'un nom, qué marmelade! Faut déboucher ça, mon vieux. Jamais ton lapin sortira dans c'te confiture-là. Il s'y collerait les quat-'pattes.»

Le curé examina à son tour le passage et le reconnut trop étroit et trop embourbé pour tenter l'expulsion de la bête. Ce fut l'instituteur qui débarrassa cette voie au moyen d'une allumette et d'une loque. Alors, au milieu de l'anxiété générale, le prêtre versa,

dans ce conduit nettoyé, un demi-verre d'eau qui coula sur le visage, dans les cheveux et dans le cou de Belhomme. Puis l'instituteur retourna vivement la tête sur la cuvette, comme s'il eût voulu la dévisser. Quelques gouttes retombèrent dans le vase blanc. Tous les voyageurs se précipitèrent. Aucune bête n'était sortie.

Cependant Belhomme déclarant : « Je sens pu rien. »

Le curé triomphant, s'écria : « Certainement elle est noyée. » Tout le monde était content. On remonta dans la voiture.

Mais à peine se fut-elle remise en route que Belhomme poussa des cris terribles. La bête s'était réveillée et était devenue furieuse. Il affirmait même qu'elle était entrée dans la tête maintenant, qu'elle lui dévorait la cervelle. Il hurlait avec de telles contorsions que la femme de Poiret, le croyant possédé du diable, se mit à pleurer en faisant le signe de la croix. Puis, la douleur se calmant un peu, le malade raconta qu'*elle* faisait le tour de son oreille. Il imitait avec son doigt les mouvements de la bête, semblait la voir, la suivre du regard: «Tenez, v'là qu'a r'monte... gniau... gniau... gniau... qué misère!»

Caniveau s'impatientait: «C'est l'iau qui la rend enragée, c'te bête. All' est p't-être ben accoutumée au vin.»

On se remit à rire. Il reprit: «Quand j'allons arriver au café Bourbeux, donne-li du fil-en-six et all. n'bougera pu, j'te le jure.»

Mais Belhomme n'y tenait plus de douleur. Il se mit à crier comme si on lui arrachait l'âme. Le curé fut obligé de lui soutenir la tête. On pria Césaire Horlaville d'arrêter à la première maison rencontrée.

C'était une ferme en bordure sur la route. Belhomme y fut transporté; puis on le coucha sur la table de cuisine pour recommencer l'opération. Caniveau conseillait toujours de mêler de l'eau-de-vie à l'eau, afin de griser et d'endormir la bête, de la tuer peut-être. Mais le curé préféra du vinaigre.

On fit couler le mélange goutte à goutte, cette fois afin qu'il pénétrât jusqu'au fond, puis on le laissa quelques minutes dans l'organe habité.

Une cuvette ayant été de nouveau apportée, Belhomme fut retourné tout d'une pièce par le curé et Caniveau, ces deux colosses, tandis que l'instituteur tapait avec ses doigts sur l'oreille saine, afin de bien vider l'autre.

Césaire Horlaville, lui-même, était entré pour voir, son fouet à la main.

Et soudain, on aperçut au fond de la cuvette un point brun, pas plus gros qu'un grain d'oignon. Cela remuait, pourtant. C'était une puce! Des cris d'étonnement s'élevèrent, puis des rires éclatants. Une puce! Ah! elle était bien bonne, bien bonne! Caniveau se tapait sur la cuisse, Césaire Horlaville fit claquer son fouet; le curé s'esclaffait à la façon des ânes qui braient, l'instituteur riait comme on éternue, et les deux femmes poussaient de petits cris de gaieté pareils au gloussement des poules.

Belhomme s'était assis sur la table, et ayant pris sur ses genoux la cuvette, il contemplait avec une attention grave et une colère joyeuse dans l'œil la bestiole vaincue qui tournait dans sa goutte d'eau.

Il grogna: «Te v'là, charogne», et cracha dessus.

Le cocher, fou de gaieté, répétait: «Eune puce, eune puce, ah! te v'là, sacré puçot, sacré puçot, sacré puçot!»

Puis, s'étant un peu calmé, il cria: «Allons, en route! V'là assez de temps de perdu.»

Et les voyageurs, riant toujours, s'en allèrent vers la voiture.

Cependant Belhomme, venu le dernier, déclara: «Mé, j'm'en r'tourne à Criquetot. J'ai pu que fé au Havre à cette heure.»

Le cocher lui dit: «N'importe, paye ta place!»

«Je t'en dé que la moitié pisque j'ai point passé mi-chemin.»

«Tu dois tout pisque t'as r'tenu jusqu'au bout.»

Et une dispute commença qui devint bientôt une

querelle furieuse : Belhomme jurait qu'il ne donnerait que vingt sous, Césaire Horlaville affirmait qu'il en recevrait quarante.

Et ils criaient, nez contre nez, les yeux dans les yeux.

Caniveau redescendit.

« D'abord, tu dés quarante sous au curé, t'entends, et pi une tournée à tout le monde, ça fait chiquante-chinq, et pi t'en donneras vingt à Césaire. Ça va-t-il, dégourdi ? »

Le cocher, enchanté de voir Belhomme débourser trois francs soixante et quinze, répondit : « Ça va ! »

« Allons paye. »

« J'payerai point. L'curé n'est pas médecin d'a-bord. »

« Si tu n'payes point, j' te r'mets dans la voiture à Césaire et j'temporte au Havre. »

Et le colosse, ayant saisi Belhomme par les reins, l'enleva comme un enfant.

L'autre vit bien qu'il faudrait céder. Il tira sa bourse, et paya.

Puis la voiture se remit en marche vers le Havre, tandis que Belhomme retournait à Criquetot, et tous les voyageurs, muets à présent, regardaient sur la route blanche la blouse bleue du paysan, balancée sur ses longues jambes.

22 septembre 1885

Table des matières